王女《おうじょ》さまの
ひみつの
活動《かつどう》…

おとぎの
世界《せかい》で
勇気《ゆうき》と
ジャミンタ姫《ひめ》
クララベル姫《ひめ》
ルル

サマー姫《ひめ》
イザベラ姫《ひめ》
ユリア姫《ひめ》
魔《ま》法《ほう》のパワーがめざめ、

ティアラ会《かい》が
パール
ダイヤモンド
アメジスト
スノークオーツ
←めくってね

ジュエルを手《て》にしたとき、

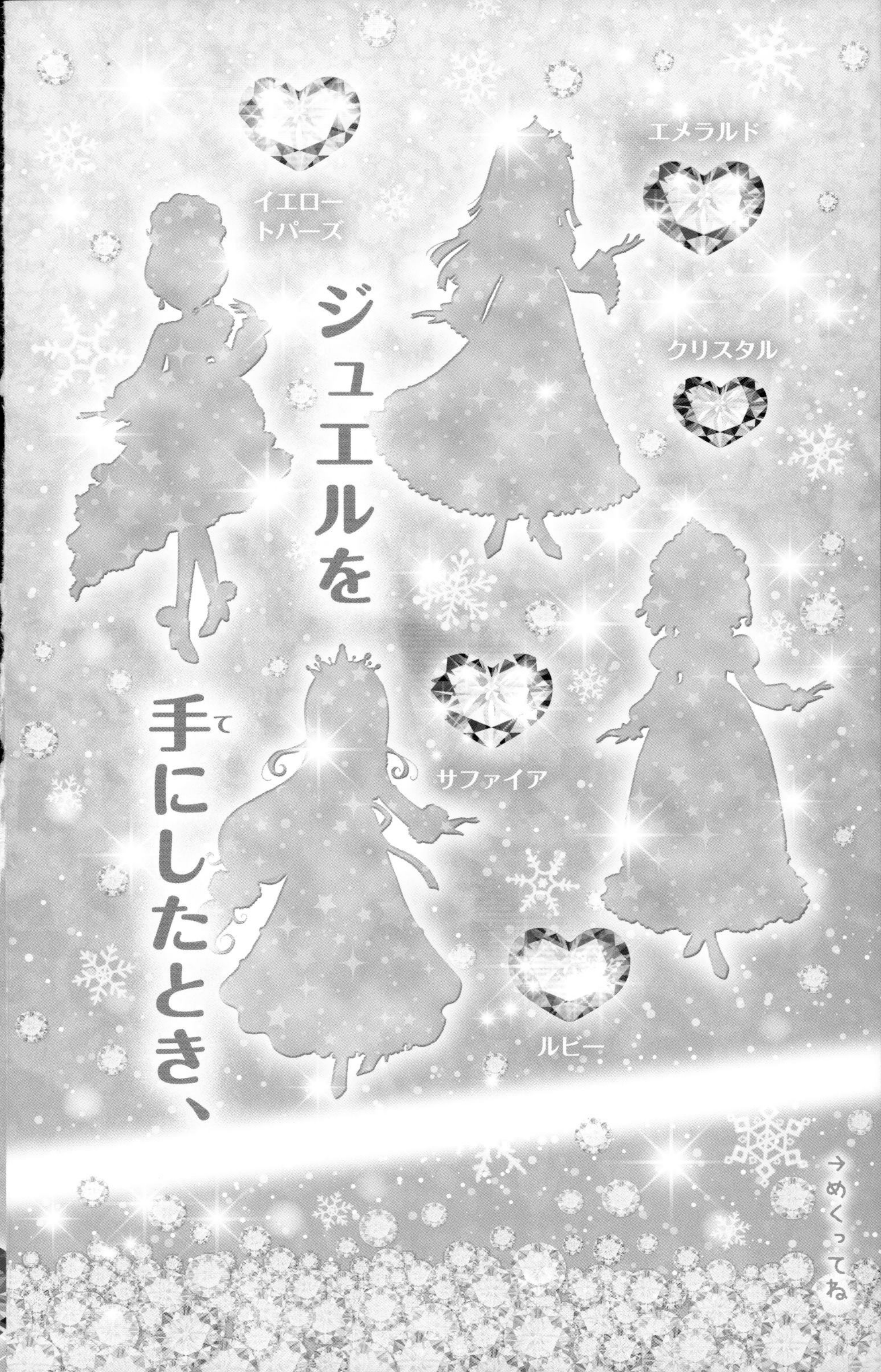

→めくってね

マヤ姫《ひめ》
エラ姫《ひめ》
ロザリンド姫《ひめ》
ナッティ姫《ひめ》
はじまるのです！

かしこさの
物語《ものがたり》が
アミーナ姫《ひめ》
フレイア姫《ひめ》

王女《おうじょ》さまの友情《ゆうじょう》の活動《かつどう》

ティアラ会《かい》 7つの約束《やくそく》

1…王女《おうじょ》としてのほこりを、わすれないこと

2…正《ただ》しいことをつらぬくこと

3…おたがいを信《しん》じ、みとめあうこと

4…こまったことやなやみが生《う》まれたら、わかちあうこと

5…友《とも》のピンチにはかけつけること

6…自分《じぶん》らしく、おしゃれをすること

7…動物《どうぶつ》には愛情《あいじょう》をそそぎ、力《ちから》をつくして守《まも》ること

王女《おうじょ》さまのお手紙《てがみ》つき

フルカラーワイド版《ばん》④

雪《ゆき》ふる森《もり》のお守《まも》りジュエル

原作♥ポーラ・ハリソン
企画・構成♥チーム151E☆
絵♥ajico ほか

Gakken

今回は、雪《ゆき》と氷《こおり》の国で
お父さまとくらす女《おんな》の子の物語《ものがたり》……！

主人公《しゅじんこう》の王女《おうじょ》さま

ノーザンランド王国《おうこく》の

フレイア姫《ひめ》

すんでいる国《くに》

ノーザンランド王国《おうこく》。
雪《ゆき》と氷《こおり》におおわれた
北《きた》の国《くに》。

家族《かぞく》

お父《とう》さま…エリック王《おう》
お母《かあ》さま…フレイア姫《ひめ》が
赤《あか》ちゃんのころ、
なくなった

きょうだい

いない

チャームポイント

三《み》つ編《あ》みにした
金色《きんいろ》の
ロングヘア

性格《せいかく》

さびしがりや。
やや世間知《せけんし》らずで
夢《ゆめ》みたり空想《くうそう》したり
するのが好《す》き

願《ねが》い

おない年《どし》の王女《おうじょ》さまと
すてきな友情《ゆうじょう》を
はぐくみたい

なやみ

過干渉《かかんしょう》なお父《とう》さまに
きびしく管理《かんり》されて、
自由《じゆう》に
行動《こうどう》できないこと

注意《ちゅうい》したいこと

夢中《むちゅう》になると、
大切《たいせつ》なことを
みおとしがち

好《す》きな色《いろ》

パールラベンダー

ティアラ

白《しろ》くすきとおった
スノークオーツが
あしらわれていて
雪《ゆき》の結《けっ》しょうみたい

得意《とくい》なこと

アイススケート

部屋《へや》をかわいく
かざりつけること

たからもの

スノークオーツの
ペンダント。
なくなったお母《かあ》さまの
形見《かたみ》

ペット

黒《くろ》ネコ7ひき。
自分《じぶん》の部屋《へや》で
家族《かぞく》のように大事《だいじ》に
育《そだ》ててきた

そのほかの王女《おうじょ》さま

リッディングランド王国《おうこく》の
ユリア姫《ひめ》

明《あか》るくて、
だれとでも
仲《なか》よくなれる。
正義感《せいぎかん》が強《つよ》い

ウィンテリア王国《おうこく》の
クララベル姫《ひめ》

おしとやか。
相手《あいて》の気持《きも》ちを
思《おも》いやれる

ナッティ姫《ひめ》

ユリア姫《ひめ》の
2さい下《した》の妹《いもうと》

グレタ

お城《しろ》の仕事《しごと》をする
メイドのおばあさん

エリック王《おう》

フレイア姫《ひめ》の
お父《とう》さま

オニカ王国《おうこく》の

ジャミンタ姫《ひめ》

ジュエル(宝石《ほうせき》)
づくりが得意《とくい》。
しっかりもの

運動神経《うんどうしんけい》
ばつぐんで積極的《せっきょくてき》。
からっとした性格《せいかく》

ウンダラ王国《おうこく》の

ルル姫《ひめ》

そのほかの登場人物《とうじょうじんぶつ》

ジョージ王子《おうじ》　デニッシュ王子《おうじ》　オラフ王子《おうじ》

お城《しろ》にまねかれたお客《きゃく》さま。フレイア姫《ひめ》とおない年《どし》で
ルル姫《ひめ》たちとは知《し》りあい

お父《とう》さまのことは大《たい》好《す》きだし

尊《そん》敬《けい》しているのよ
でも・・・

心《こころ》がこおったように
うけつけられない
ときがあるのは

なぜなの？

Northernland
ノーザンランド

雪《ゆき》ふる森《もり》のお守《まも》りジュエル

雪《ゆき》ふる森《もり》のお守《まも》りジュエル

もくじ

★本書は、2016年発行の「王女さまのお手紙つき 雪ふる森のお守りジュエル」とその原書をもとに、絵・文・内容を再構成しました。

1

かがやく雪《ゆき》の森《もり》で

ここは、雪《ゆき》ふる森《もり》の国《くに》、ノーザンランド王国《おうこく》。

キュッキュッ　サクサクサク……。

朝《あさ》の日《ひ》ざしにかがやく、真《ま》っ白《しろ》な雪《ゆき》の上《うえ》を、王女《おうじょ》さまが歩《ある》いてきました。

金色《きんいろ》の長《なが》い三《み》つ編《あ》みと、すんだひとみがチャームポイントの、フレイア姫《ひめ》です。

ヒューッ　ポン！

「うわあ！」「やったー！」

いつもは静《しず》かなお城《しろ》の庭《にわ》も、きょうは王子《おうじ》さまたちが雪合戦《ゆきがっせん》をしていてにぎやか。

あしたは、森《もり》につくったスケートリンクをおひろめする日《ひ》。

フレイア姫《ひめ》のお父《とう》さまであるエリック王《おう》が、世界中《せかいじゅう》の王《おう》さまとそのご家族《かぞく》をお城《しろ》へご招待《しょうたい》したのです。

フレイア姫《ひめ》は、おもてなしのかざりつけをしたお城《しろ》のなかへ、もどりました。
大広間《おおひろま》では金色《きんいろ》のリボンがゆれ、まどべには星《ほし》の形《かたち》のライトがきらめいています。
これから、お客《きゃく》さまがたとの朝食《ちょうしょく》がはじまるのです。
でも……、フレイア姫《ひめ》の心《こころ》は、氷《こおり》がはっているように冷《ひ》えきっていました。

お城《しろ》はにぎやかなのに
わたしだけ
ひとりぼっちなのね…

ノーザンランド王国《おうこく》の王女《おうじょ》
フレイア姫《ひめ》

心《こころ》がこんなにもこごえているのは、とてもきびしいお父《とう》さまのせいです。

フレイア姫《ひめ》は、もう何年《なんねん》も、自由《じゆう》に行動《こうどう》させてもらえていません。

けがをしそうなあそびは、どれも禁止《きんし》。夜《よる》の庭《にわ》にでることさえ、できないのです。

ことしの春《はる》には、おない年《どし》の王女《おうじょ》さまや王子《おうじ》さまがデビューする大舞踏会《だいぶとうかい》があったというのに、お父《とう》さまが勝手《かって》におことわりしてしまいました。

(どうしていつも、わたしをしばりつけるの……?)

フレイア姫《ひめ》の意見《いけん》はいつもきいてもらえず、いいつけにそむけば、しかられます。

だんろのそばにいても、こおった心《こころ》がとけることはありませんでした。

（わたしにも、お母《かあ》さまがいたら、きっとなやみを相談《そうだん》できたのに……）

そう。この国《くに》の王妃《おうひ》であるお母《かあ》さまは、フレイア姫《ひめ》がまだ赤《あか》ちゃんだったころ、なくなっていました。

きょうだいもなく、家族《かぞく》といったら、はなしもきいてくれないお父《とう》さまだけ……。

フレイア姫《ひめ》は、むなもとに手《て》をあて、ドレスの下《した》にかくすようにつけている、お守《まも》りのペンダントを、そっとにぎりしめます。

こうすると、天国《てんごく》にいるお母《かあ》さまが心《こころ》にうかんで、気持《きも》ちがやすらぐのでした。

お客《きゃく》さまたちとの朝食《ちょうしょく》をおえて、自分《じぶん》の部屋《へや》にもどろうとしたときのこと。

王女《おうじょ》さまたちが四人《よにん》、笑《わら》いながら庭《にわ》の門《もん》をでていくのがみえました。

フレイア姫《ひめ》がずっと会《あ》ってみたいと思《おも》っていた、おなじ年《とし》ごろの王女《おうじょ》さまです。

(とっても楽《たの》しそうだわ……。わたしも仲間《なかま》にいれてもらえるかしら)

コートをはおり、お城《しろ》をでて、モミの木《き》の森《もり》をさがすと……いました!

濃《こ》い髪《かみ》の色《いろ》をした、活発《かっぱつ》そうな王女《おうじょ》さまが、そりの上《うえ》でジャンプ! そのまま、片足《かたあし》でバランスよく立《た》ち、ハイスピードで丘《おか》をくだってきます。

(まあ、すごい! なんてだいたんな、すべりかたなの)

おどろいていると、そのうしろから、三人《さんにん》の王女《おうじょ》さまもかけおりてきました。

きれいな赤《あか》い巻《ま》き髪《がみ》の王女《おうじょ》さまが、フレイア姫《ひめ》に気《き》づいて、手《て》をふります。

「こんにちは！
あなたもいっしょに
そりすべりしましょうよ」
リッディングランド
王国《おうこく》のユリア姫《ひめ》

オニカ王国《おうこく》の
ジャミンタ姫《ひめ》
ウィンテリア王国《おうこく》の
クララベル姫《ひめ》
ウンダラ王国《おうこく》のルル姫《ひめ》

「わたしの名前《なまえ》はユリア。リッディングランド王国《おうこく》からきたのよ」

ピンク色《いろ》のコートを着《き》た王女《おうじょ》さまが、にこやかにあいさつします。

「わたしは、ウンダラ王国《おうこく》のルル。よろしくね！」

先《さき》ほど片足《かたあし》でそりにのっていた王女《おうじょ》さまが、さわやかにいいました。

ストレートのロングヘアでかしこそうな王女《おうじょ》さまは、オニカ王国《おうこく》のジャミンタ姫《ひめ》。

やさしくほほえむ金色《きんいろ》の髪《かみ》の王女《おうじょ》さまが、ウィンテリア王国《おうこく》のクララベル姫《ひめ》です。

積極的《せっきょくてき》な四人《よにん》にみつめられて、フレイア姫《ひめ》はドキドキしました。

こんなときは、すうっと深呼吸《しんこきゅう》をして……、おちついて自己《じこ》しょうかいです。

「わたしはこの国《くに》の王女《おうじょ》、フレイアです。みなさんがいらしてくださって、ほんとうにうれしいわ。ほかの国《くに》の王女《おうじょ》さまたちと、おはなししてみたかったんです」

夢《ゆめ》みていたおしゃべりタイムがスタートすると、ルル姫《ひめ》がいいました。

「わたしたち四人《よにん》はね、春《はる》にミストバーグでおこなわれた大舞踏会《だいぶとうかい》で出会《であ》ったの。あのとき、フレイア姫《ひめ》はいなかったよね？」

そうきかれて、ちいさくうなずいたフレイア姫《ひめ》。

（みんな、春《はる》の大舞踏会《だいぶとうかい》からの仲《なか》よしなのね。お父《とう》さまが出席《しゅっせき》させてくれていたら、わたしにも、おない年《どし》のお友《とも》だちが、たくさんできていたかもしれないのに……）

しゅんとしてしまったフレイア姫《ひめ》に、ユリア姫《ひめ》が明《あか》るく声《こえ》をかけます。

「ここは雪《ゆき》がキラキラしていて、すてきな国《くに》ね！　次《つぎ》はフレイア姫《ひめ》がすべる番《ばん》よ」

フレイア姫《ひめ》は、うれしくなって、うなずきました。

王女《おうじょ》さまたちといっしょに、そりを丘《おか》の上《うえ》までひっぱっていきます。

「さっき、うしろむきにすべってみたらね、スリル満点《まんてん》だったよ！」

元気《げんき》よくとびはねているルル姫《ひめ》に、思《おも》わずほほえみます。

こんなふうに、ほかの国《くに》の王女《おうじょ》さまたちと、すごせるなんて。

「わたしも、うしろむきにのってみます！」

でもそれは、お父《とう》さまにはないしょの、勇気《ゆうき》がいるちょうせんだったのです。

2

そりすべり

フレイア姫《ひめ》がそりすべりをするのは、とてもひさしぶりのことでした。
けがをしそうになったことがあって以《い》来《らい》ずっと、禁止《きんし》されているのです。
みつかったら、きつくしかられます。
（でももう、おさない子《こ》どもじゃないもの。そりぐらいしてもいいわよね）
こわいけれど、お父《とう》さまのいうことをきいてばかりもいられません。

フレイア姫《ひめ》は勇気《ゆうき》をだして、そりにうしろむきでのりました。

ジャミンタ姫《ひめ》たちが思《おも》いきりおしてくれて、いきおいよくスタート！

「きゃあああああああ！　こわ〜〜い！　でも、気持《きも》ちいい〜〜〜〜」

そりはヒューッと風《かぜ》をきって、丘《おか》をすべりおりていきます。

が、……ぐらり！　バランスをくずして、ひっくりかえってしまったのです。


「フレイア姫《ひめ》！　だいじょうぶ？」

クララベル姫《ひめ》が、心配《しんぱい》そうにかけよってきました。

さいわいなことに、ふかふかのやわらかい雪《ゆき》のおかげで、けがはなさそうです。

「平気《へいき》です！　おもしろかったぁ……まるで空《そら》をとんでいるみたいだったわ」

ルル姫《ひめ》が、さかさまになったそりをおこし、「あれ？」とさけびました。

「地面《じめん》に穴《あな》があるよ！　ウサギの巣《す》かなあ。ここにひっかかって、ころんだのね」

「まあたいへん！　ウサギさん、びっくりさせてごめんなさい」

フレイア姫《ひめ》はあわてて立《た》ちあがり、巣穴《すあな》をのぞいてあやまります。

頭《あたま》からつま先《さき》まで雪《ゆき》まみれのすがたをみて、ルル姫《ひめ》がクスクス笑《わら》いました。

「ウサギよりも、フレイア姫《ひめ》に『ティアラ会《かい》』の助《たす》けが必要《ひつよう》そうね」

（……え？　『ティアラ会《かい》』って？）

はじめて耳《みみ》にした言葉《ことば》をききかえそうとした、そのしゅんかん。

「ルル姫《ひめ》ったら！　それ、いったらだめでしょ！」


ジャミンタ姫《ひめ》が、おおきな声《こえ》をあげました。

「わ、しまった……ごめんっ」

ルル姫《ひめ》がはっとしたように、両手《りょうて》でぱっと口《くち》をふさぎます。

「あの……『ティアラ会《かい》』って何《なん》ですか？」

おしえてくれますように、と祈《いの》りながら、たずねてみますが……四人《よにん》はこまった顔《かお》をするばかり。

どうやら、フレイア姫《ひめ》にはいえない、ひみつのようです。

ショック……ではありますが、さっき会《あ》ったばかりの相手《あいて》に、大事《だいじ》なことをうちあけるなんて、むずかしいに決《き》まっています。

（そうだわ！　仲間《なかま》になれるように、わたしのことをもっと知《し》ってもらおう）

王女《おうじょ》さまたちと仲《なか》よくなる方法《ほうほう》を、考《かんが》えることにしました。

「みなさん。よかったら、わたしの部屋《へや》に〝とっておき〟をみにきませんか？」

お城《しろ》のエントランスまえで雪《ゆき》をはらい、なかへはいってコートをぬぐと、王女《おうじょ》さまたちはみんな、ゆうがなドレスすがたにかわりました。

それぞれに個性的《こせいてき》なふんいきがあって、チャーミングな女《おんな》の子《こ》たちです。

Clarabel
ティアラには
サファイアが
きらめいているわ
ブルーの
ひとみが
やさしそう
ファーを
あしらった
ドレスは
みんなおそろい
金色《きんいろ》の
さらさらヘアに
ファーのかざり
北《きた》の海《うみ》を思《おも》わせる
きれいなブルーの
グラデーション
大《おお》つぶの
パールが
いっぱい！
クララベル姫《ひめ》

Yuria
赤《あか》いルビーがポイントのティアラ。こったつくり！
くるんと巻《ま》いた赤《あか》い髪《かみ》がかれんにゆれてるわ
明《あか》るい笑顔《えがお》ではなしかけてくれたの
お花《はな》のかざりは赤《あか》いベルベットでできているの
濃《こ》さのちがうバラ色《いろ》ピンクをコーディネート
フリルがいっぱいでとってもラブリー
ユリア姫《ひめ》

ジャミンタ姫《ひめ》
ティアラは氷《こおり》のようにすきとおったクリスタル
おちついていてかしこそうなふんいき
清《きよ》らかなすんだひとみでみつめてくるの
エメラルドのあしらわれたブローチ
すべすべした上質《じょうしつ》のシルクに金《きん》のししゅう
深《ふか》い森《もり》を思《おも》わせるフォレストグリーン
Jaminta

ルル姫《ひめ》

かんむりみたいな
金《きん》のティアラが
かっこいい！

うっかりひみつを
いってしまう
ところが、わたしと
似《に》ているかも？

元気《げんき》いっぱい！
ゴールドイエローの
ショートドレス

片足《かたあし》でそりに立《た》つ
すばらしい
バランス感覚《かんかく》

すそには
スパンコールが
キラキラ！

ななめにカットされた
すそが、風《かぜ》に
ふわっとなびくの

Lulu

Freya
ティアラは
ななめづけ
するのが
お気《き》に入《い》り
むなもとには
お守《まも》りペンダント
をかくしているの
スノークオーツは
光《ひかり》をあびると
キラキラ！
細《ほそ》い金色《きんいろ》の
三《み》つ編《あ》みは
走《はし》るとゆれるの
おない年《どし》の
お友《とも》だちを
つくりたくて
ドキドキ！
パールラベンダーと
スノーホワイトの
組《く》みあわせが好《す》き
フレイア姫《ひめ》

目《め》もとは
なくなった母《はは》に
似《に》てきたかしら

おもてなしも
がんばろうと
はりきって
いるの

すてきな
王女《おうじょ》さまたちの
仲間《なかま》にいれて
もらいたい！

「みなさん、わたしの部屋《へや》は上《うえ》の階《かい》なんです。早《はや》く〝とっておき〟をみせたいわ」

「楽《たの》しみね！」「フレイア姫《ひめ》の〝とっておき〟って、何《なに》かしら？」

わくわくした様子《ようす》のユリア姫《ひめ》たちを、フレイア姫《ひめ》はうきうきと案内《あんない》します。

通《とお》りかかった大広間《おおひろま》をちらっとのぞくと、世界中《せかいじゅう》の王《おう》さまや王妃《おうひ》さまがたが、だんろをかこみ、朝食《ちょうしょく》のあとのコーヒータイムをすごしているところでした。

お父《とう》さまのすがたはないようですが……。

（気《き》をつけなくちゃ）

フレイア姫《ひめ》は、くちびるをきゅっとかみました。

ここでお父《とう》さまにみつかったら、また何《なに》か注意《ちゅうい》されるかもしれません。

（ようやくめぐってきた、おない年《どし》のお友《とも》だちをつくるチャンスだもの。お父《とう》さまにじゃまをされませんように）

フレイア姫《ひめ》は、四人《よにん》といっしょに、大広間《おおひろま》の横《よこ》をささっと通《とお》りすぎます。

そして、自分《じぶん》の部屋《へや》へとつづく木《き》の階段《かいだん》を、のぼっていきました。


「さあ、どうぞ。はいってください」

フレイア姫《ひめ》は、ドアをあけて、みんなをまねきいれました。

四人《よにん》がわくわくしたような顔《かお》で、足《あし》をすすめます。

「〝とっておき〟は、どこかな？」

ルル姫《ひめ》が部屋《へや》のなかをみまわします。

フレイア姫《ひめ》は、自分《じぶん》の部屋《へや》にみんながいることが、うれしくてたまりません。

「こちらが、みなさんにみせたかった、わたしの〝とっておき〟です」

思《おも》わせぶりに、部屋《へや》のすみにある、四角《しかく》いバスケットを指《ゆび》さすと……、

「わあ！　かわいい」

ミンキー
デイジー
ココ
フラフルス
ベルベット
ダスキー
カーラ

そこにいたのは、きれいな毛《け》なみの黒《くろ》ネコたち！

やわらかなニットの上《うえ》で、気持《きも》ちよさそうにじゃれあっています。

「母《はは》ネコの名前《なまえ》がカーラ、赤《あか》ちゃんは、ダスキー、ベルベット、フラフルス、ココ、それから、デイジーです」

フレイア姫《ひめ》は、なんだか得意《とくい》な気分《きぶん》になって、一《いっ》ぴき一《いっ》ぴきの名前《なまえ》をしょうかいしていき、最後《さいご》にそのなかの一《いっ》ぴきをだきあげました。

「そして、この子《こ》はミンキー。とってもおてんばな女《おんな》の子《こ》なんです」

ミンキーの足《あし》は、まるで白《しろ》いソックスをはいているみたい。

青《あお》くまんまるなひとみで、こちらをみあげています。

「部屋中《へやじゅう》を走《はし》りまわるから、けがをしないかいつも心配《しんぱい》で……」

ミンキーは、ミャオゥと、あまえるような声《こえ》をあげました。

「すぐにどこかへ、いなくなってしまうし、目《め》がはなせなくて。でもなぜか、手《て》のかかる子《こ》ほどかわいくて。守《まも》ってあげなくてはって、気持《きも》ちになるんです」

王女《おうじょ》さまたちは、赤《あか》ちゃんネコをなでながら、うなずいています。

どうやらみんな、フレイア姫《ひめ》とおなじで、動物《どうぶつ》が大好《だいす》きな女《おんな》の子《こ》のようです。

(わたしのことも知《し》ってもらえたし……仲間《なかま》だって思《おも》ってもらえるといいな)

フレイア姫《ひめ》は、むなもとのお守《まも》りペンダントを、そっとにぎりしめたのでした。

3

『ティアラ会《かい》』って？

ユリア姫《ひめ》が、デイジーをなでながら、ほかの三人《さんにん》にいいました。

「ねえ、フレイア姫《ひめ》にはなしましょうよ。『ティアラ会《かい》』の仲間《なかま》がふえるなんて、すてきじゃない？」

「そうね……だけど、ひとりふえても、チームとしてうまくいくかしら」

ジャミンタ姫《ひめ》とルル姫《ひめ》は、まだ何《なに》かを心配《しんぱい》しているようです。

フレイア姫《ひめ》は、四人《よにん》が相談《そうだん》しているのを、祈《いの》るようにみまもっていました。

もし、ひみつをおしえてもらえたら……どんなにうれしいでしょう。

「だいじょうぶ。動物《どうぶつ》を大事《だいじ》にする王女《おうじょ》さまなら、『ティアラ会《かい》』にぴったりよ」

クララベル姫《ひめ》の説得《せっとく》で、ついに、ジャミンタ姫《ひめ》もルル姫《ひめ》も賛成《さんせい》してくれました。


「あのね、フレイア姫《ひめ》。『ティアラ会《かい》』というのは、わたしたち四人《よにん》がはじめた、友情《ゆうじょう》の会《かい》のことなのよ。みんなで、ひみつの冒険《ぼうけん》をしたりしているの」

「ふだんは、それぞれちがう国《くに》でくらしているけれど、こまったことやなやみごとが生《う》まれたときには、かけつけて助《たす》けあう、という約束《やくそく》もあるのよ」

「だけど『ティアラ会《かい》』のことは、だれにもないしょ。きょうだいや、親《おや》にもね」

王女《おうじょ》さまたちからはなしをきいて、フレイア姫《ひめ》は、むねをときめかせます。

（親《おや》にもないしょなんて、すごくおもしろそう！）

「『ティアラ会《かい》』はね、けがをした赤《あか》ちゃんイルカを助《たす》けたことがあるの」

「シカの赤《あか》ちゃんが巻《ま》きこまれた事件《じけん》を、解決《かいけつ》したこともあるよ」

（すごい……危険《きけん》なことを禁止《きんし》されているわたしとは、全然《ぜんぜん》ちがうのね）

フレイア姫《ひめ》はあこがれと尊敬《そんけい》のまなざしで、王女《おうじょ》さまたちをみつめました。

「自分《じぶん》たちだけで冒険《ぼうけん》するなんて、すてき。わたしも動物《どうぶつ》が大好《だいす》きです」

すると、みんなは顔《かお》をみあわせ……ルル姫《ひめ》が、おおきくうなずきます。

「『ティアラ会《かい》』にはね、くろうもいっぱいあるわ。それでも、のりこえるかくごがあるなら、大《だい》かんげい！　いっしょにすばらしい冒険《ぼうけん》ができるって、約束《やくそく》する」

フレイア姫《ひめ》にだかれていたミンキーが、はなしをさえぎるように、あまえた声《こえ》でなきました。

体《からだ》をくねらせ、あしをのばしてじゃれてきます。

フレイア姫《ひめ》の首《くび》に結《むす》ばれた、あわいブルーのリボンにツメがひっかかると、体《からだ》をバタバタさせて、あばれはじめました。

「じっとして、ミンキー。おとなしくしてくれたら、すぐにほどけるわ」

しかっても、いうことをきかないので、リボンがよけいにからまります。

ミンキーのツメでリボンがひっぱられ、むねにかくしていたお守《まも》りペンダントがとびだしてしまいました。

ジャミンタ姫《ひめ》が気《き》づいて、あばれるミンキーをなだめるようにいいました。

「ほら、ミンキー。あまり動《うご》くと、きれいなジュエルにきずがついてしまうわ」

フレイア姫《ひめ》はリボンからそっとツメをはずし、ミンキーをゆかへおろします。

「ありがとう。これは、スノークオーツというジュエルなんです。わたしがまだ赤《あか》ちゃんのときになくなった、母《はは》の形見《かたみ》で……」

だからどんなときも身《み》につけ、不安《ふあん》なときには、祈《いの》るようににぎりしめています。

フレイア姫《ひめ》にとっては、心《こころ》のささえであり、かけがえのないたからものでした。

白《しろ》い氷《こおり》のような、スノークオーツは、ふたがはずせるいれものになっていて、なかには、折《お》りたたんでくるんと巻《ま》かれた紙《かみ》がはいっていました。

「これは母《はは》が残《のこ》してくれた手紙《てがみ》。このスノークオーツのことが……」

「ねえ、ちょっとまって！」

手紙《てがみ》の説明《せつめい》をしはじめたとたん、ユリア姫《ひめ》があわてたようにいいました。

「たいへん！　ミンキーがいないわ。さっきまでそこにいたのに」

「まあ！　ミンキーったら。きのうも部屋《へや》からいなくなったのよ」

五人《ごにん》がジュエルに注目《ちゅうもく》していたすきに、どこかへかくれてしまったようです。

フレイア姫《ひめ》は名前《なまえ》をよびながら、さがします。

「ミンキー？　でておいで～。かくれんぼは、おしまいよ～」

王女《おうじょ》さまたちも手《て》わけして、さがすのを手伝《てつだ》ってくれました。

ルル姫《ひめ》はベッドの下《した》、クララベル姫《ひめ》とユリア姫《ひめ》はクロゼットのなか、ジャミンタ姫《ひめ》は少《すこ》しひらいていたドアから、大理石《だいりせき》のろうかをみまわします。

すると、ベッドのほうでカリカリッと、ツメでひっかく音《おと》がしました。

よくみると、ベッドカバーの下《した》を、ちいさなかたまりがジグザグに動《うご》いています。

フミャアァ〜

フレイア姫《ひめ》がベッドカバーをめくると、いたずらネコの顔《かお》が、ひょっこり。

「もう、ミンキーったら！ まだちいさいんだから、わたしの目《め》のとどく場所《ばしょ》にいなくちゃだめよ。自由《じゆう》におでかけするのは、もっとおおきくなってからね」

ミンキーの頭《あたま》をくしゅくしゅっとなでた、そのときです。

ろうかを歩《ある》いてくる足音《あしおと》がきこえ、フレイア姫《ひめ》は、びくっとしました。

「……父《ちち》だわ！」

4
エリック王《おう》の命令《めいれい》

足音《あしおと》だけでわかります。
どうやらお父《とう》さまは、ひどくおこっているようでした。
ドアの外《そと》から、よばれます。
「フレイア！　はなしがある」
お説教《せっきょう》がはじまりそうな予感《よかん》に、フレイア姫《ひめ》はふるえあがりました。
（……せっかく『ティアラ会《かい》』での、楽《たの》しい時間《じかん》をすごしていたのに）

部屋《へや》にはいってきたお父《とう》さまは、静《しず》かないかりにみちていました。

「フレイア、けしからんことがおきたぞ。これをみて、何《なに》かいうことはないか?」

お父《とう》さまが手《て》にもっているスリッパをみて、フレイア姫《ひめ》は青《あお》ざめました。が、

エリック王《おう》
(フレイア姫《ひめ》のお父《とう》さま)

「……さ、さあ、何《なん》のことかしら？」

あせってとぼけてみせると、お父《とう》さまの口調《くちょう》はさらに強《つよ》まります。

「わたしのスリッパにあいた、このひどい穴《あな》がみえないのか。修理《しゅうり》できないほど、かじった無礼者《ぶれいもの》はだれだ？　そこの、動物《どうぶつ》たちのしわざだろう！」

そういうと、お父《とう》さまはバスケットのほうへ、ずかずかと近《ちか》よってきます。

そして、ネコたちの下《した》にしいてあるものが目《め》にはいると、真《ま》っ赤《か》になってどなりました。

「フレイア！　おまえのために用意《ようい》した大事《だいじ》な服《ふく》を、ネコ用《よう》のしきものにつかっているのか!?」

ネコたちがあたたかくすごせるようにと、くふうしただけなのに、まさか、どなられるとは思《おも》いませんでした。

「えっと……そのセーターはもうちいさいし、古《ふる》いから、リサイクルで……」

お父《とう》さまのけんまくにおされながらも、どうにか理由《りゆう》をつたえます。

「それに、スリッパの犯人《はんにん》は、この子《こ》たちじゃなくて、ネズミかもしれないわ」

「わが城《しろ》にネズミなどいない！　一《いっ》ぴき残《のこ》らず、退治《たいじ》ずみだ」

ああ、フレイア姫《ひめ》のひとことひとことが、状況《じょうきょう》をややこしくさせていきます。

ミャ～ア

よりによってこのタイミングで、ミンキーが元気《げんき》いっぱいになきました。

それだけではありません。

お父《とう》さまの足《あし》にぴょんととびつき、スリッパにじゃれはじめたのです。

「ああっ、だめよ、ミンキー！」

ミンキーは、お父《とう》さまのスリッパをネズミとかんちがいしたのか、ツメを立《た》てたりかみついたり……おかげでもう片方《かたほう》にまで、穴《あな》があいてしまいそうです。

「みなさい！　やっぱりこのいたずらネコのしわざじゃないか」

こうなってはもう、いいわけする言葉《ことば》がありません。

「陛下《へいか》！　ネコにわるぎはないはずです。どうか、大目《おおめ》にみてやってください」

みかねたユリア姫《ひめ》が、かばってくれました。

これまでひとりぼっちで、しかられるばかりだったフレイア姫《ひめ》にとって、味方《みかた》になってくれる仲間《なかま》がいるのは、はじめてのことです。

フレイア姫《ひめ》は、いいのがれをせずに、きちんとあやまろうと決《き》めました。

「お父《とう》さま、ごめんなさい。もう部屋《へや》からださないって、約束《やくそく》します」

しかし……お父《とう》さまのいかりはおさまらず、ざんこくな命令《めいれい》がくだりました。

「ネコを城《しろ》のなかへおくのは、禁止《きんし》だ！
庭《にわ》にある小屋《こや》で飼育《しいく》するよう、命《めい》じる！」

「まって。うそでしょう、お父《とう》さま！　この子《こ》たちに外《そと》は寒《さむ》すぎるわ」

「問題《もんだい》ない。メイドのグレタに小屋《こや》をあたたかくさせればいい。えさも用意《ようい》させる。ただし、城《しろ》へは出入《でい》り禁止《きんし》とする。めいわくなネコはひっこしで決定《けってい》だ！」

そういいわたすと、お父《とう》さまはドアへむかって、すたすたと歩《ある》いていきます。

「ああ、それから。先《さき》ほど、丘《おか》でそりをしているのがみえたぞ。そりあそびは禁止《きんし》したはずだ。どうしてもしたいなら、庭《にわ》でやりなさい」

バタンとドアがしまると、フレイア姫《ひめ》はつぶやきました。

「お父《とう》さま……。庭《にわ》には、子《こ》ども用《よう》のちいさな丘《おか》しかないのよ」

でも、階段《かいだん》をおりていくお父《とう》さまの耳《みみ》に、その声《こえ》はとどかないのでした。

「……ネコたちは、小屋《こや》でもきっとだいじょうぶよ。食《た》べものもあるんですもの」

クララベル姫《ひめ》が、なぐさめるようによりそってくれます。

「でも……この部屋《へや》にいるのとは、全然《ぜんぜん》ちがうわ」

フレイア姫《ひめ》のひとみから、なみだがこぼれおちました。

「朝《あさ》ね、いつも目《め》がさめたら、だきしめるの……ふわふわでね、安心《あんしん》するのに……」

「……ねえ、つれていかれちゃうまえに、子《こ》ネコをだきしめようよ！」

ルル姫《ひめ》が子《こ》ネコの一《いっ》ぴきをだっこすると、ユリア姫《ひめ》とジャミンタ姫《ひめ》も一《いっ》ぴきずつだき、クララベル姫《ひめ》が残《のこ》りの二《に》ひきをかかえてぎゅっとしました。

フレイア姫《ひめ》は、なみだをぬぐって考《かんが》えます。

（庭《にわ》の小屋《こや》のなかは、ほんとうにストーブであたたかくなるのかしら？）

ノーザンランド王国《おうこく》の夜《よる》は、かよわい赤《あか》ちゃんネコが、こごえて命《いのち》をおとしてしまうほどに、ひどく冷《ひ》えこむのです。

夜《よる》になると、大広間《おおひろま》にはディナーのしたくがととのいました。

だんろでは、金色《きんいろ》のほのおがおどっています。

長《なが》いテーブルは、キャンドルやヒイラギの葉《は》でかざられ、おもてなしの準備《じゅんび》はかんぺきでした。

お客《きゃく》さまがたが席《せき》へつくと、コースの料理《りょうり》が次《つぎ》つぎに、はこばれてきます。

フレイア姫《ひめ》は食事《しょくじ》のあいだ中《じゅう》、いやな予感《よかん》がして、しかたありませんでした。

部屋《へや》をるすにしているあいだに、先《さき》ほどの命令《めいれい》によって、ミンキーたちが、雪深《ゆきふか》い庭《にわ》の、寒《さむ》くて暗《くら》い小屋《こや》へつれていかれてしまう気《き》がしたのです。

（お父《とう》さまは、こうと決《き》めたら、すぐに実行《じっこう》する人《ひと》だもの……）

心配《しんぱい》で心配《しんぱい》で、おもてなしのために一生《いっしょう》けんめいかざった、まどべのライトや天《てん》井《じょう》のリボンも、ぼんやりとかすんでみえました。

食事《しょくじ》のとちゅうで席《せき》をはなれるのは、マナーがわるいとわかっています。

でも、むねがざわざわして、いてもたってもいられません。

フレイア姫《ひめ》は、デザートがはこばれるまえに、そっと大広間《おおひろま》をぬけだしました。
（ミンキーたちが、まだいますように）
ドレスをひるがえして階段《かいだん》をあがり、部屋《へや》にかけこみましたが、

シーーン

いつもなら、すぐに ミヤオゥ とあまえてくる、あのなき声《ごえ》がきこえません。
さっきまでネコたちのいた場所《ばしょ》は、さびしくがらんとしていました。
フレイア姫《ひめ》は、がっくりとベッドへすわりこみます。

子《こ》ネコのいたずらで、お父《とう》さまがはらを立《た》てたのはわかりますが、部屋《へや》をあけているあいだに、ひっこしさせてしまうなんて……。

小屋《こや》へいけば会《あ》えるけど、今《いま》までのように、いつもいっしょにはいられません。

（あんまりだわ。きちんとミンキーたちをみおくりたかったのに……）

お父《とう》さまの冷《つめ》たいしうちもゆるせませんが、どうすることもできなかった自分《じぶん》にもかなしくなってきて……。

フレイア姫《ひめ》の目《め》から、ぽろぽろと、やるせないなみだがあふれだします。

こごえる心《こころ》に、さらにあつく氷《こおり》がはってしまいました。

5

四人《よにん》の仲間《なかま》

どのくらい時間《じかん》がたったでしょう。

ベッドで泣《な》いていたフレイア姫《ひめ》の耳《みみ》に、ちいさなノックがきこえました。

「……フレイア姫《ひめ》、おきてる？　いいものをもってきたのよ」

ドアがそうっとひらいて、クララベル姫《ひめ》の顔《かお》がちらり。

そのあとにルル姫《ひめ》、ユリア姫《ひめ》、ジャミンタ姫《ひめ》も、部屋《へや》にはいってきました。

CANDY
STORE

「ほら！　元気《げんき》のでるおかしよ」

ルル姫《ひめ》が、おかしのいっぱいはいったお店《みせ》のふくろを、さしだします。

チョコレートバーに、ココナッツがまぶされたストロベリー味《あじ》のケーキに……

あ、クララベル姫《ひめ》は、びんいりのカラフルなジェリービーンズをもっています。

「みんな……」

フレイア姫《ひめ》のことを心配《しんぱい》して、はげましにきてくれたのだと、わかりました。

これまでは、お父《とう》さまとうまくいかないことがあっても、ひとりでたえるばかりでしたが……。

今《いま》のフレイア姫《ひめ》には、気持《きも》ちをわかってくれる仲間《なかま》が、四人《よにん》もいるのです！


さびしかった心《こころ》に、ぽうっとやすらぎの火《ひ》がともりました。

王女《おうじょ》さまたちは、フレイア姫《ひめ》をかこむように、ベッドにすわります。

ベッドサイドのランプにてらされ、みんなのティアラがキラキラしています。

「これはね、ストロベリー味《あじ》なんだ！」

ルル姫《ひめ》が、砂糖《さとう》がしのいっぱいはいったはこを、ふくろからだしました。

「ほかにもいろいろ、もってきたわ」

ジャミンタ姫《ひめ》が笑《わら》いかけてきます。

「〝真夜中《まよなか》のパーティー〟をすれば、さびしさがまぎれるんじゃないかな、ってね」

ユリア姫《ひめ》がウインクしながら、いいました。

おかしをほおばりながら、楽《たの》しい夜《よる》のおしゃべりがはじまります。
みんなは右手《みぎて》の小指《こゆび》にネイルアートされた、ジュエルをみせてくれました。
「これは『ティアラ会《かい》』の仲間《なかま》のしるしなのよ」

クララベル姫《ひめ》のジュエルはブルーのサファイア、ユリア姫《ひめ》は赤《あか》いルビー、ルル姫《ひめ》は黄色《きいろ》いイエロートパーズ、ジャミンタ姫《ひめ》はグリーンのエメラルド。

全員《ぜんいん》おそろいの、ちいさなハートの形《かたち》をしています。

「はなれていても、心《こころ》と心《こころ》で会話《かいわ》できるジュエルなの。ジャミンタ姫《ひめ》は、ジュエルにひめられたパワーをひきだすのが得意《とくい》なのよ」

ルビー

サファイア

「すごいわ！　ジュエルの魔法《まほう》がつかえるのね」

すると、クララベル姫《ひめ》がほほえみました。

「フレイア姫《ひめ》のぶんのジュエルも、用意《ようい》してもらいましょう。わたしとおなじサファイアが似《に》合《あ》いそう！」

フレイア姫《ひめ》は、うれしくなって、うなずきます。

（この四人《よにん》なら、力《ちから》になってくれるかもしれない……！）

フレイア姫《ひめ》は思《おも》いきって、気《き》がかりだったことを相談《そうだん》してみました。

「わたしね、ミンキーたちがこごえていないか、不安《ふあん》で不安《ふあん》でたまらないの。雪《ゆき》も強《つよ》くなってきてるし、もしストーブがちゃんとついていなかったら……」

ネコは寒《さむ》さに弱《よわ》い動物《どうぶつ》なので、ほんとうに心配《しんぱい》なのですが……この四人《よにん》もまた、お父《とう》さまのように「問題《もんだい》ない」というのでしょうか？

……いいえ。クララベル姫《ひめ》がすぐに「それは心配《しんぱい》ね」とうなずいてくれたのです。

「フレイア姫《ひめ》。それじゃあ今《いま》から、小屋《こや》へたしかめにいってみない？」

「今《いま》から？」と、おどろくフレイア姫《ひめ》に、ほかの三人《さんにん》も言葉《ことば》をつづけます。

「夜《よる》にお城《しろ》の外《そと》へでてはいけないんでしょう？」「みつからないくふうをしましょう！」「大人《おとな》たちがねむるまでまってから、ぬけだすほうがいいかもね」

フレイア姫《ひめ》の心配《しんぱい》をさっし、自分《じぶん》たちで考《かんが》え、すすむ道《みち》を決《き》めていくみんな。
（なんてやさしいの……なんて勇《ゆう》かんな女《おんな》の子《こ》たちなの！）
おなじ王女《おうじょ》なのに、何《なに》もできないと泣《な》くばかりだった自分《じぶん》とは、大《おお》ちがいです。
知《し》れば知《し》るほど、四人《よにん》への尊敬《そんけい》の気持《きも》ちは、ますますつのっていきました。

するとカタンとろうかで音《おと》がしました。
でも、お父《とう》さまではないようです。
部屋《へや》へやってきたのは……くるくるカールの巻《ま》き髪《がみ》に、おおきなグリーンのひとみの、かわいらしい王女《おうじょ》さまです。

「お姉《ねえ》さまぁ
やっとみつけたわ」

リッディンググランド王国《おうこく》の
ナッティ姫《ひめ》

「まあ、ナッティ！　どうしたの？　フレイア姫《ひめ》、わたしの妹《いもうと》のナッティよ」

ユリア姫《ひめ》がかけよっていき、しょうかいしてくれます。

ナッティ姫《ひめ》は、大好《だいす》きなお姉《ねえ》さまをさがして、この部屋《へや》にたどりついたようです。

ひとりっ子《こ》のフレイア姫《ひめ》は、むじゃきにしたってくれる妹《いもうと》のいるユリア姫《ひめ》が、
うらやましくなりました。

「ナッティ。お姉《ねえ》さまたちはね、大事《だいじ》なおはなしをしているの。ストロベリー味《あじ》のケーキ、好《す》きでしょう？　あげるから、先《さき》にお部屋《へや》にもどっていてね」

ほほえみながら、ナッティ姫《ひめ》の手《て》におかしをのせてあげるユリア姫《ひめ》をみると、今《こん》度《ど》は、こんなやさしいお姉《ねえ》さまがほしかったな、と思《おも》います。

おかしをほおばったナッティ姫《ひめ》は、ちょっぴり不満《ふまん》な顔《かお》でかえっていきました。

ユリア姫《ひめ》は、ほっとした表情《ひょうじょう》です。

「ナッティは、わたしのいく先《さき》へかならずついてきたがるの。あとでお城《しろ》をぬけだすとき、みつからないように、気《き》をつけなくてはね」

じつは……。

少《すこ》し先《さき》の未来《みらい》に、ナッティ姫《ひめ》も『ティアラ会《かい》』のメンバーとなり、活《かつ》やくすることになるのですが……このときはまだ、だれもそうなると思《おも》っていませんでした。

ナッティ姫《ひめ》にも、『ティアラ会《かい》』のことはひみつだったのです。

「さあ、十一時半《じゅういちじはん》になるわよ。雪夜《ゆきよ》の冒険《ぼうけん》、スタート！」
ボーンと時計《とけい》が時《とき》をつげるとともに、王女《おうじょ》さまたちは、ぬき足《あし》さし足《あし》で階段《かいだん》をおりていきます。
コートをはおり、さっとしたくをして、静《しず》かな庭《にわ》へとかけだしました。
（まるでニンジャになったような気分《きぶん》だわ）

フレイア姫《ひめ》は、むねがドキンドキンと高鳴《たかな》るのを感《かん》じます。

お父《とう》さまの命令《めいれい》にそむき、はじめての冒険《ぼうけん》をしているのです！

暗《くら》い道《みち》で、ジャミンタ姫《ひめ》が、エメラルドのブレスレットをとりだしました。

それを、さっと高《たか》くかかげたとき……ふしぎなことがおこったのです。

ブレスレットが懐中電灯《かいちゅうでんとう》のように光《ひかり》をはなち、銀色《ぎんいろ》の雪《ゆき》がぱあああっと、明《あか》るいグリーンにてらされたではありませんか。

（すごい。これも、ジャミンタ姫《ひめ》のジュエルの魔法《まほう》なのね……！）

『ティアラ会《かい》』の活動《かつどう》は、想像《そうぞう》していたより、ずっとしげき的《てき》なようです。

五人《ごにん》はグリーンの光《ひかり》をたよりに、庭《にわ》のすみにある小屋《こや》をめざします。

小屋《こや》の入《い》り口《ぐち》をふさぐように高《たか》くつもっていた雪《ゆき》を、ルル姫《ひめ》がみつけてきたシャベルでせっせとどかし、ユリア姫《ひめ》がドアのかんぬきをはずしました。

小屋《こや》のおくで、キランと光《ひか》っているのは……七《しち》ひきのネコのひとみです。

「よかった、みんな無事《ぶじ》だったのね！」

赤《あか》ちゃんネコたちのそばには、食《た》べものも水《みず》もたっぷり。

心配《しんぱい》だったストーブもちゃんとついていましたが……なぜでしょう。

小屋《こや》のなかは、ちっともあたたかくありません。

すると、クララベル姫《ひめ》が、おどろいたように上《うえ》を指《ゆび》さしました。

「屋根《やね》をみて。穴《あな》があいているわ！」

ずいぶん古《ふる》くなっていたせいか、屋根《やね》の板《いた》がこわれて、空《そら》がみえています。

雪《ゆき》がそこからふきこんで、小屋《こや》のすみにこんもりと雪山《ゆきやま》までできていました。

氷《こおり》のような冷《つめ》たい風《かぜ》がビュウウッと、フレイア姫《ひめ》のほおをたたきます。

「たいへん！　ここにミンキーたちをおいておいたら、こごえて死《し》んでしまうわ」

今《いま》こそ『ティアラ会《かい》』の力《ちから》を発揮《はっき》するとき。解決《かいけつ》する方法《ほうほう》を考《かんが》え、まえにすすむのです。

フレイア姫《ひめ》たちは、ネコの命《いのち》をすくうためのアイディアを、だしあいました。

「そうだ！　メイドのグレタがつかっている仕事部屋《しごとべや》へ、つれていきましょう」

お城《しろ》のキッチンのそばに、お父《とう》さまがめったにいかない、洗《せん》たくをしたり、アイロンをかけたりするための部屋《へや》があるのを、フレイア姫《ひめ》は思《おも》いだしました。

「だいじょうぶ。ちゃんと説明《せつめい》すれば、グレタはきっと協力《きょうりょく》してくれるわ」

ほんとうは七《しち》ひきのネコを、一度《いちど》にはこびたかったのですが……、動《うご》きまわる子《こ》をなだめながら、だいていく必要《ひつよう》があって、二回《にかい》にわけることに。
四人《よにん》がコートのなかに一《いっ》ぴきずつかくし、ジャミンタ姫《ひめ》の光《ひかり》にみちびかれて、庭《にわ》へでました。

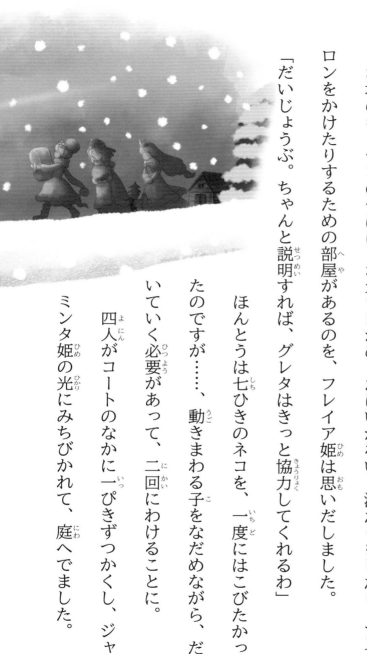

ネコたちはぴたっと体《からだ》にくっついています。

ふりしきる雪《ゆき》がネコにかからないように、頭《あたま》をさげ……地面《じめん》の雪《ゆき》に足《あし》をとられそうになりながらも、魔法《まほう》のエメラルドがてらしてくれる道《みち》を急《いそ》ぎました。

一回《いっかい》めは、なんとかお城《しろ》へたどりつき、大理石《だいりせき》のろうかをヒタヒタとしのび足《あし》。

仕事部屋《しごとべや》に四《よん》ひきの赤《あか》ちゃんネコたちをおいて、ドアをしっかりとしめます。

「さあ、残《のこ》るは、母《はは》ネコとミンキーたちね」

二回《にかい》めは、ネコたちのバスケットもはこび、静《しず》かにエントランスへはいりました。

お父さまにみつからずに、うまくやれたと思《おも》った、そのとき。

タンタンタンタン……


あかりの消《き》えた階段《かいだん》を、だれかがおりてきます!

フレイア姫《ひめ》は、体《からだ》がこおりつきました。

(……お父《とう》さまかしら。どうしよう、しかられてしまう)

みんなに協力《きょうりょく》してもらったこの冒険《ぼうけん》も、失敗《しっぱい》におわってしまうのでしょうか。

フレイア姫《ひめ》は、せめてミンキーだけでもみつからないようにと、コートのなかにしっかりかくし、暗《くら》いエントランスで息《いき》をひそめたのでした。

6
みつかった！

くらやみにピカッとあかりがともり、フレイア姫《ひめ》たちを、まぶしくてらしだしました。

（ああ……もうおしまいだわ。お父《とう》さまにみつかってしまった）

フレイア姫《ひめ》は思《おも》わず、むねのお守《まも》りペンダントをにぎりしめました。

けれど、意外《いがい》なことに、きこえてきたのは、さわやかな声《こえ》。

「姫君《ひめぎみ》たちですね。おどろかせて、すみません」
フィニア王国《おうこく》のオラフ王子《おうじ》

階段《かいだん》をおりてきたのは、ねまきすがたの王子《おうじ》さまたちです。
（……お父《とう》さまじゃなかった！　よかったぁ……）
フレイア姫《ひめ》は、ほっとむねをなでおろしました。
いちばんまえにいる王子《おうじ》さまが、さわやかにあいさつしてきます。

「こんなかっこうで失礼《しつれい》しました。フレイア姫《ひめ》、フィニア王国《おうこく》のオラフです。きのうぼくたちが到着《とうちゃく》したとき、でむかえてくださいましたよね？　こちらはカラチア王国《おうこく》のジョージ王子《おうじ》と、ラタスタン王国《おうこく》のデニッシュ王子《おうじ》です」

うしろにいたふたりの王子《おうじ》さまも、にこやかにあいさつをしました。

ルル姫《ひめ》たちは、春《はる》の大舞踏会《だいぶとうかい》で王子《おうじ》さまたちと知《し》りあい、これまでも何度《なんど》か行事《ぎょうじ》で会《あ》っているようです。

フィニア王国《おうこく》の王子《おうじ》さま。
はじめて会《あ》った相手《あいて》とも話題《わだい》をみつけられる、人《ひと》なつっこい性格《せいかく》。ルル姫《ひめ》のお城《しろ》にとまりにきたこともあるそう。

ジョージ王子《おうじ》

George

カラチア王国《おうこく》の王子《おうじ》さま。

好奇心《こうきしん》おうせいで、アスレチックやカードゲームなど、積極《せっきょく》的《てき》にちょうせんするタイプ。

春《はる》の大《だい》舞《ぶ》踏《とう》会《かい》のお城《しろ》で

デニッシュ王子《おうじ》

Dinesh

ラタスタン王国《おうこく》の王子《おうじ》さま。
訪問先《ほうもんさき》の国《くに》では、ほかの王子《おうじ》さまとともに女王《じょおう》さまのお手《て》伝《つだ》いをしたりして礼《れい》儀《ぎ》正《ただ》しい。

「ところで姫君《ひめぎみ》たち、ここで何《なに》をされていたのです？」

「おや。こんな夜《よる》おそくに、外《そと》へでていらしたのですか？」

王子《おうじ》さまたちにそうきかれてはじめて、フレイア姫《ひめ》たちは、コートについた雪《ゆき》がとけ、ゆかにしたたっていることに気《き》がつきました。

「あ、あの、わたしたち……そ、そう、雪《ゆき》！　雪《ゆき》をながめにいっていたんです」

フレイア姫《ひめ》はどうにか返事《へんじ》をして、ごまかします。

「ぼくたちは、キッチンへチョコレートビスケットをいただきにいくところです。

姫君《ひめぎみ》たちもいっしょに〝真夜中《まよなか》のパーティー〟はいかがですか？」

（まあ！　王子《おうじ》さまたちも〝真夜中《まよなか》のパーティー〟!?）

大人《おとな》たちがねむっているあいだに、部屋《へや》でおかしをつまみながら、トランプや、ゲーム、おしゃべりを楽《たの》しむのだそう。

すてきな王子《おうじ》さまたちからの、はじめてのおさそいに、フレイア姫《ひめ》はむねをおどらせました。が……。

コートのなかでは、おてんばなミンキーが、もぞもぞっと動《うご》いています。

(残念《ざんねん》だけど、パーティーはおことわりしなくちゃ……)

そのときです。

ミャ~オ

じっとしているのをがまんできなくなったミンキーが、大声《おおごえ》でないたのです。
おどろいたオラフ王子《おうじ》の懐中電灯《かいちゅうでんとう》が、フレイア姫《ひめ》をてらします。
（ミンキーったら。最悪《さいあく》のタイミングよ！）
なんとかごまかさなくてはなりません。

ふみゃあぁ！

フレイア姫《ひめ》は、とっさに、おおげさなあくびのふりをしてみせました。
王子《おうじ》さまたちは、お行儀《ぎょうぎ》のわるいフレイア姫《ひめ》におどろいています。
でもこれで、さっきの声《こえ》もあくびと思《おも》ったはず……と安心《あんしん》したのもつかのま、ユリア姫《ひめ》がコートのなかにかくしている母《はは》ネコまで、なきだしました。
いっしゅん、悲鳴《ひめい》をあげそうな顔《かお》をしたユリア姫《ひめ》ですが、

ふふあ～あ！

と、どうにか、こちらも、あくびのふりでごまかします。

みゃはあぁぁ！

ふわぁはあぁ！

ひやぁはぁ！

王女《おうじょ》さまたちは口《くち》に手《て》をあて、次《つぎ》つぎに、みょうなあくびのおしばいをしました。

「ふあああ、ごめんなさい。わたしたち、すっごくねむたくて……。残念《ざんねん》だけど、パーティーは無理《むり》みたい……ふみゃあああ。おやすみなさ～い」

ジャミンタ姫《ひめ》がおおげさなあくびをしながらことわると、王女《おうじょ》さまたちは笑《わら》ってしまわないように口《くち》をおさえながら、その場《ば》をパタパタとはなれたのでした。

ハプニングもありましたが、ネコたちを、無事《ぶじ》にはこぶことができました。

赤《あか》ちゃんネコたちは、あたたかい母《はは》ネコへすりよっています。

ミンキーも目《め》をとじて、しあわせそうに、くるんとまるまっていました。

ここなら、朝《あさ》まで安心《あんしん》してねむれるでしょう。

（もう夜中《よなか》だし、グレタに説明《せつめい》するのは、あしたの朝《あさ》でいいわよね）

部屋《へや》へもどったフレイア姫《ひめ》は、大満足《だいまんぞく》な気持《きも》ちで、ベッドへもぐりこみました。


よく朝《あさ》、フレイア姫《ひめ》は早《はや》おきすると、うきうきと階段《かいだん》をかけおります。

きょうはいよいよ、森《もり》のスケートリンクをおひろめする日《ひ》。

朝食《ちょうしょく》のまえに、ミンキーたちの様子《ようす》をチェックしにむかいます。

仕事部屋《しごとべや》へはいると、母《はは》ネコはもうおきていて、長《なが》いピンクの舌《した》で、ねむっている赤《あか》ちゃんたちの毛《け》づくろいをしているところでした。

おてんばなミンキーだけが、ゆかをかけまわっています。

「だめよ、ミンキー！　お父《とう》さまにみつからないように、かくまっているところなんだから。ママのそばでおとなしくしていなさい。勝手《かって》に部屋《へや》をでるのは禁止《きんし》よ」

フレイア姫《ひめ》は、おさわがせなミンキーを、母《はは》ネコのもとへもどしました。

それからネコたちがみつからないように、部屋《へや》にくふうをこらします。

近《ちか》くにあったシーツをかりて、物干《ものほ》しロープにひっかけると、ちょうどネコたちをかくすカーテンのようになりました。

洗《せん》たくばさみで、シーツをしっかりはさんでとめます。

「これでかんぺきね！」

万《まん》が一《いち》、お父《とう》さまがドアをあけても、すぐにはネコたちに気《き》づかないはず。

ひとりで考《かんが》えたにしては、なかなかよくできています。
フレイア姫《ひめ》は、仕事部屋《しごとべや》のドアをしっかりととじました。
それから、スキップしたいようなうちょうてんで朝食《ちょうしょく》へむかいます。
食事《しょくじ》の準備《じゅんび》された大広間《おおひろま》へはいるとすぐに、お父《とう》さまがこちらへ近《ちか》づいてきました。

「きょうはとても冷《ひ》えるぞ。手《て》ぶくろをわすれないようにしなさい」

フレイア姫《ひめ》は、ドレスについたミンキーの毛《け》をあわててとって、返事《へんじ》します。

「はい。わかりました、お父《とう》さま」

たとえ子《こ》どもあつかいされても、今《いま》は『ティアラ会《かい》』のメンバーとして、お父《とう》さまの知《し》らないところで、ネコたちを安全《あんぜん》に守《まも》ったのだという自信《じしん》がありました。

グレタにネコたちのことをお願《ねが》いするのを、すっかりわすれたまま、ごきげんでスクランブルエッグとマフィンをいただきます。

まさかこのミスが、たいへんな事件《じけん》につながるとは、思《おも》いもせずに……。

7
森《もり》のスケートリンク

エントランスでは、ちょうどユリア姫《ひめ》がスノーブーツをはいて、したくしているところでした。

「わたしね、スケートははじめてなの。じょうずにできるかしら？」

「氷《こおり》に立《た》てれば、あとはかんたんよ」

フレイア姫《ひめ》はユリア姫《ひめ》と手《て》をつないで庭《にわ》を走《はし》りぬけ、雪《ゆき》のつもった丘《おか》の道《みち》を、一気《いっき》にくだっていきます。

モミの木《き》の森《もり》のおくに、太陽《たいよう》の日《ひ》ざしをうけて、鏡《かがみ》のようにキラキラ光《ひか》るスケートリンクがみえてきました。

フレイア姫《ひめ》は、なんだかうれしくて、自然《しぜん》と笑《わら》い声《ごえ》があふれだします。

（手《て》をつないで走《はし》っているだけで、こんなにしあわせな気持《きも》ちになるなんて！）

ずっとこんな時間《じかん》がつづけばいいな、とフレイア姫《ひめ》は思《おも》いました。

まぶしいほどに、はれわたった青空《あおぞら》のもと、あつまったお客《きゃく》さまをまえに、お父《とう》

さまがどうどうと、開会《かいかい》のあいさつをします。

「みなさん、森《もり》のスケートリンクへようこそ。このリンクは、何日《なんにち》もまえから水《みず》をまいてはこおらせ、完成《かんせい》しました。とてもかたい氷《こおり》でできているので安全《あんぜん》です」

あつい氷《こおり》のリンクは、ジャンプしたり、しりもちをついたりしても、われません。

「しかし、むこうにみえる、川《かわ》にはった自然《しぜん》の氷《こおり》は、うすい場所《ばしょ》もあり、危険《きけん》です。あそこでは絶対《ぜったい》にスケートをしないよう、お願《ねが》いします。それでは、完成《かんせい》したてのリンクで、ぞんぶんにお楽《たの》しみください！」

お客《きゃく》さまのせいだいなはく手《しゅ》が、静《しず》かな森《もり》にひびきわたりました。

さあ、スケートタイムの開始《かいし》です。

楽《たの》しそうにすべる人《ひと》びとのなかには、
ゆうべ出会《であ》ったオラフ王子《おうじ》たちや、
ユリア姫《ひめ》の妹《いもうと》のナッティ姫《ひめ》のすがたも
ありました。

「わたしたちも、すべりましょう！」

フレイア姫《ひめ》も、みんなをさそい、リンクへはいります。
五人《ごにん》はそろって、サ――――ッと、なめらかにすすみはじめました。

「フレイア姫《ひめ》、お手本《てほん》をみせて！」
みんなのリクエストに、にっこり。
スケートは得意《とくい》なのです。

かんぺきな8の字《じ》を
えがいてみせたあと、
うしろむきにすすみ……、

しあげは、くるくるっと何回転《なんかいてん》ものスピン！

「おみごと！」
「すてきね…」

フレイア姫《ひめ》のエレガントなすべりに
リンク中《じゅう》から、はく手《しゅ》かっさい。
きょうは、これまでの人生《じんせい》で、
いちばんしあわせな日《ひ》かもしれません。

もっとすべっていたかったけれど、空《そら》がしだいに灰色《はいいろ》にかわってきました。

雪《ゆき》がちらちらとまいはじめ、フレイア姫《ひめ》たちはスケートリンクからあがります。

「もどったらきっと、ホットチョコレートがふるまわれるわ。父《ちち》のことだもの、体《からだ》の冷《ひ》えたお客《きゃく》さまがたを、あたたかい飲《の》みもので、おむかえするはず。今《いま》ごろキッチンへいって、指示《しじ》しているんじゃないかしら」

だんろのまえの特等席《とくとうせき》へすわって、みんなで仲《なか》よく手《て》をあたためるところを思《おも》いうかべると、フレイア姫《ひめ》の心《こころ》はぽかぽかしてきます。

そうして五人《ごにん》は手《て》をつなぎ、だれよりも先《さき》に、お城《しろ》へもどっていったのでした。

8
おかしいわ…

ところが、エントランスでは、チョコレートのいいかおりはしませんでした。

（おかしいわ。お父《とう》さまったら、どうしたのかしら？）

フレイア姫《ひめ》がふしぎに思《おも》っていると、キッチンのほうから、けわしい顔《かお》をしたお父《とう》さまがずんずんとやってきます。

そのむこうからは、メイドのグレタがパタパタパタッと、かけてきました。

グレタ
（お城《しろ》のメイド）

「陛下《へいか》、申《もう》しわけありません。わたしが仕事部屋《しごとへや》のドアをうかつにあけたときに、子《こ》ネコが一《いっ》ぴき、とびだしてしまったようで……」

フレイア姫《ひめ》は、大失敗《だいしっぱい》に気《き》づき、さっと青《あお》ざめました。

（いけない！　ミンキーたちのことをグレタに説明《せつめい》するの、わすれてた……）

うっかりしていた自分《じぶん》のせいで、ミンキーがまたお城《しろ》のどこかへと、にげだしてしまったのです。

「いいや、グレタ。おまえの責任《せきにん》でないことは、わかっている」

お父《とう》さまは、グレタにおだやかな声《こえ》をかけると、こちらをにらみます。

「フレイア！　城《しろ》のなかにネコをおいてはならんといったのに、そむいたな」

スケートリンクからかえってくるお客《きゃく》さまのくつに、ミンキーがかみつきでもしたら、たいへん無礼《ぶれい》なことですから、お父《とう》さまがおこるのも無理《むり》はありません。

先《さき》ほどまでのしあわせ気分《きぶん》は、シュウウッとどこかへ消《き》えてしまいました。

フレイア姫《ひめ》は、しかられるかくごを決《き》めて、正直《しょうじき》にこたえます。

「お父《とう》さまのおっしゃるとおり、ネコたちを、仕事部屋《しごとべや》へいれたのはわたしです。でもきのうの夜《よる》、庭《にわ》の小屋《こや》へみにいったら……」

「夜《よる》だと？　夜《よる》に城《しろ》の外《そと》へでたんだな？　それも禁止《きんし》していることだぞ！」

お父《とう》さまのいらだった声《こえ》が、エントランスにひびきました。

「陛下《へいか》！　フレイア姫《ひめ》はわたくしたちと、少《すこ》しのあいだ、お庭《にわ》へでただけです」

ルル姫《ひめ》が勇《ゆう》かんにかばってくれましたが、お父《とう》さまのいかりは、おさまりません。

そのとき、タイミングわるく、ゆかをトットットと走《はし》る音《おと》がきこえました。
「いまいましいネコめ、大広間《おおひろま》にいるな！　つかまえて、城《しろ》から追放《ついほう》だ！」

うでをおおきく広《ひろ》げたお父《とう》さまが、大広間《おおひろま》へとびこんだとき、ちょうどスケートリンクからもどってきたお客《きゃく》さまがたが、ぞろぞろとはいってきました。

お父《とう》さまは、人《ひと》びとがみているのもかまわず、長《なが》いテーブルのむこうへにげていくミンキーを、ドカドカとおいかけまわします。

何《なに》か無《ぶ》礼《れい》なことをしでかすまえに、つかまえようと必死《ひっし》なのですが……お客《きゃく》さまがたは、いつもの冷静《れいせい》さをなくしたエリック王《おう》に、おどろいています。

するりと、お父《とう》さまのうでのあいだをすりぬけたミンキーは、まるであそびにさそうかのように、ミャア？　と、かわいくなきました。

おいかけっこをするのが、うれしくてたまらないのです。

テーブルの上《うえ》にひょいっとのっかると、お皿《さら》やナプキンをけちらして、ガチャンガッチャンと大《おお》さわぎ。

おてんばな赤《あか》ちゃんネコに、お客《きゃく》さまも思《おも》わず大笑《おおわら》いです。

「だめよ、ミンキー。こっちへおいで！」

フレイア姫《ひめ》はさけびますが、ミンキーはしっぽをふりふり、どこかへにげていってしまいました。

（もう！　どこへいってしまったの？　ミンキーったら）

きょろきょろしていると、ひとりの王妃《おうひ》さまが外《そと》を指《ゆび》さしておしえてくれます。

「ネコちゃんなら、お庭《にわ》をかけて、門《もん》の外《そと》へでていったわよ」

え……！

フレイア姫《ひめ》は、さあぁっと血《ち》の気《け》がひくのを感《かん》じました。

まどの外《そと》は一面《いちめん》の深《ふか》い雪《ゆき》……人間《にんげん》でも家《いえ》のなかへこもるほど寒《さむ》いというのに、外《そと》の危険《きけん》もわからない赤《あか》ちゃんネコがとびだすなんて、命知《いのちし》らずとしかいえません。

「早《はや》くミンキーをつれもどさないと……こごえて、死《し》んでしまうわ！」

冷《つめ》たい氷《こおり》にちぢみあがるようなおそろしさが、体《からだ》のなかをかけぬけます。

冬《ふゆ》の森《もり》には、えものをねらう野生動物《やせいどうぶつ》だっているのです。

無我夢中《むがむちゅう》でさがしにいこうとするフレイア姫《ひめ》に、お父《とう》さまがどなりました。

「フレイア！　もどりなさい！」

けれど……フレイア姫《ひめ》は、その声《こえ》をふりはらいました。

「いやよ！　ミンキーをさがすの！　何《なに》かあったら全部《ぜんぶ》、お父《とう》さまのせいよ！」


フレイア姫《ひめ》はコートを着《き》ると、お庭《にわ》をずんずん横《よこ》ぎって、お城《しろ》の門《もん》をでます。

さいわい雪《ゆき》はやんでいましたが、空気《くうき》はさっきより冷《つめ》たくなっていました。

「ミンキー！　どこなの？」

丘《おか》をくだり、白《しろ》い息《いき》をはきながら、泣《な》きそうな声《こえ》でさけんだとき。

「まって、フレイア姫《ひめ》」「わたしたちもさがすのを手伝《てつだ》うわ！」

息《いき》をきらせた四人《よにん》の王女《おうじょ》さまたちが、走《はし》っておいかけてきました。

クララベル姫《ひめ》が、フレイア姫《ひめ》のかたへポンと、やさしく手《て》をおきます。

「たいへんなときは、みんなで協力《きょうりょく》するものよ。わたしたち、『ティアラ会《かい》』の仲《なか》間《ま》でしょう？」

フレイア姫《ひめ》の目《め》になみだがあふれ、こぼれおちました。

「ありがとう、みんな……」

あたたかい友情《ゆうじょう》が、こごえる心《こころ》を、ふわっとつつみこんでくれます。

王女《おうじょ》さまたちは、真《ま》っ白《しろ》な森《もり》のなか、ちいさなすがたをさがしました。

「ねえ！　みて。これ、手《て》がかりになるんじゃないかしら？」

ジャミンタ姫《ひめ》が指《ゆび》さしたのは……雪《ゆき》にくぼんだ、ちいさな足《あし》あとです！

けれど、その足《あし》あとは、ぐるりとつながったり、ジグザグに交差《こうさ》したりしてい

て、ミンキーがどちらへむかったかまでは、よくわかりません。

そこで五人《ごにん》はふた手《て》にわかれ、フレイア姫《ひめ》とユリア姫《ひめ》とクララベル姫《ひめ》が

木《き》のあいだを、ルル姫《ひめ》とジャミンタ姫《ひめ》がスケートリンクをさがすことに。

どんどん暗《くら》くなってくる空《そら》の色《いろ》に、みんなのあせりがつのります。

（こんなことになるなんて……）

フレイア姫《ひめ》は、ミンキーのなき声《ごえ》がきこえないか、耳《みみ》をすませました。

(だめ、鳥《とり》の声《こえ》しかきこえないわ……ああミンキー、どうか無事《ぶじ》でいて)

スケートリンクからもどってきたルル姫《ひめ》たちも、かたをおとしています。

不運《ふうん》はつづくもので、大《おお》つぶの雪《ゆき》がしんしんとふりはじめ、手《て》がかりだった足《あし》あとも、雪《ゆき》にかくれてしまいました。

やがて、スケートリンクのむこうがわにある、自然《しぜん》の氷《こおり》がみえてきました。

くじけそうになる心《こころ》をふるいたたせ、みんなで、ミンキーをよびつづけます。

「ミンキー！　お願《ねが》いよ、返事《へんじ》をして」

はりあげた声《こえ》がむこうの丘《おか》にあたって、はねかえってきました。

「……やまびこがきこえるね」

ルル姫《ひめ》が、髪《かみ》にふりつもる雪《ゆき》をはらいおとしながら、つぶやきます。

けれどフレイア姫《ひめ》は、だまったまま、じっと耳《みみ》をすませていました。

氷《こおり》と雪《ゆき》のむこうから、やまびこにまじって、声《こえ》がきこえた気《き》がしたのです。

ミイイー　ミイイー……

まちがいありません。さがしもとめていた、ミンキーの声《こえ》です！

9

なき声《ごえ》をおって

もう一度《いちど》、耳《みみ》をすまします。

ミイイ…　ミイイー…

「自然《しぜん》の氷《こおり》のほうからきこえたわ！」

みんなは、かすかなき声《ごえ》をたよりに、声《こえ》のするほうへと走《はし》りだしました。

氷《こおり》がはっているところと、岸《きし》のほとりのぎりぎりで立《た》ちどまり、よく目《め》をこらすと……。

いました！
遠《とお》くの岩《いわ》のてっぺんにみえるちいさなかげ。
あんなところまで、どうやっていったのでしょう。

ミイイ…ミイイイイ…


「かわいそうに……すぐ助《たす》けにいきましょう！」

ユリア姫《ひめ》が、氷《こおり》に足《あし》をのせようとしたしゅんかん。

「だめ！　危険《きけん》すぎるわ」

フレイア姫《ひめ》は、はりつめた声《こえ》でさけびました。

「どんなに自然《しぜん》の氷《こおり》があぶないか、みていて」

小石《こいし》をポンとおとすと……バリバリ バリッ。

氷《こおり》の表面《ひょうめん》に、おそろしいさけめが走《はし》ったのです。

王女《おうじょ》さまたちは息《いき》をのみました。

今《いま》、ミンキーが、こんなうすい氷《こおり》の上《うえ》へおちたら……たちまち、氷《こおり》の下《した》の冷《つめ》たい水《みず》のなかへしずんでしまうでしょう。

そうとも知《し》らず、ミンキーは、フレイア姫《ひめ》の声《こえ》がきこえたのか、せわしなくしっぽを動《うご》かしています。

大事《だいじ》な子《こ》があぶないことをしているのを、まのあたりにして、フレイア姫《ひめ》は心《しん》ぞうがいくつあってもたりないほど、はらはら。

「ミンキー、だめよ！　動《うご》いちゃだめ！
じっといい子《こ》にして。いうことをききなさい！」

思《おも》わず大声《おおごえ》でさけんだフレイア姫《ひめ》は、はっとしました。

（今《いま》、わたしがいったことって……）

自分《じぶん》がいつもお父《とう》さまにいわれていることと、そっくりだったのです。

もしかしてお父《とう》さまも、フレイア姫《ひめ》を心配《しんぱい》するあまり、きびしい命令《めいれい》ばかり、していたのでしょうか。

（……まさかね。お父《とう》さまはただうるさいだけよ。ああ、お母《かあ》さま……ミンキーをすくうにはどうしたらいいの？）

コートの下《した》のお守《まも》りペンダントを、にぎりしめようとしたとき、ふしぎなことがおこりました。

首《くび》に結《むす》んでいたペンダントのリボンが、まるで、みえないだれかにほどかれたように、するりととけて。スノークオーツが、雪《ゆき》の上《うえ》へおちたのです。

シュウウゥ――――ッ。

スノークオーツのまわりの雪《ゆき》が、みるみるうちに、とけはじめました。

やがて、とけた部分《ぶぶん》が穴《あな》のようになり、あつい雪《ゆき》の下《した》にある地面《じめん》がみえてきます。

（……これは！　お母《かあ》さまからのお手紙《てがみ》に書《か》いてあったことだわ！）

フレイア姫《ひめ》はおどろきながらも、ペンダントをひろいあげました。

スノークオーツのいれものにはいっていた、ちいさなお手紙《てがみ》をだします。

それを広《ひろ》げたとき、ジャミンタ姫《ひめ》がたずねました。

「わたしたちも、みてもいい？」

フレイア姫《ひめ》はうなずきました。

そして、これまで何度《なんど》もながめてきた文章《ぶんしょう》を、読《よ》みかえします。

いとしい フレイアへ

このスノークオーツは
お母さまの大切なジュエルです。
きっと、氷や雪から
あなたを守ってくれるわ。
いつも身につけて、
お母さまのことを思っていてね。
いつか、役に立ちますように。

愛をこめて、母より

手《て》のなかのスノークオーツには、ほんのりとぬくもりが感《かん》じられました。

（お母《かあ》さま……。お手紙《てがみ》に書《か》かれていた『氷《こおり》や雪《ゆき》から守《まも》ってくれる』という言葉《ことば》は、このことだったのね？）

赤《あか》ちゃんのフレイア姫《ひめ》を残《のこ》し、天《てん》にめされる運命《うんめい》をたどったお母《かあ》さま……。

もうこれからは、いとしいむすめを、自分《じぶん》の手《て》で守《まも》ることができない。

そのかなしみを祈《いの》りにかえ、フレイア姫《ひめ》をすべての心配《しんぱい》ごとから守《まも》ってくれるよう、スノークオーツのパワーに、思《おも》いをたくしたのかもしれません。

（もしかしたら、さっきペンダントのリボンがほどけたのも……ぐうぜんではなく、お母《かあ》さまからのメッセージだったのかもしれないわ）

フレイア姫《ひめ》はこれまでずっと、想像《そうぞう》の世界《せかい》にいるお母《かあ》さまをたよりにしてきましたが、心《こころ》のどこかで、そのむなしさに、なげいてもいました。

でも今《いま》は、スノークオーツのペンダントと手紙《てがみ》にこめられた思《おも》いを知《し》り、お母《かあ》さまはたしかにいたのだ、と実感《じっかん》していました。

（お母《かあ》さまはどんなときも、そばにいて、わたしを守《まも》ろうとしてくれているんだわ）
だれかにみまもられる愛《あい》に気《き》づいたとき、人《ひと》は何倍《なんばい》も強《つよ》くなれるものです。
（わたし、がんばる！　ミンキーを絶対《ぜったい》に助《たす》ける！）
岸《きし》の近《ちか》くにボートがあるのがみえて、フレイア姫《ひめ》はひらめきました。

「みんな、魔法《まほう》のスノークオーツと、あのボートをつかいましょう！」

はたしてフレイア姫《ひめ》は、無事《ぶじ》にミンキーをすくいだせるのでしょうか。

10 スノークオーツの魔法《まほう》

岩《いわ》の上《うえ》のミンキーは、今《いま》にも足《あし》をすべらせて、おちてしまいそうです。

（じっとしていて。すぐ助《たす》けるからね）

ちいさな命《いのち》をすくうため、フレイア姫《ひめ》は、氷《こおり》のほとりへひざまずきました。

スノークオーツを氷《こおり》のそばへ近《ちか》づけると、ぱあああっと光《ひか》り、雪《ゆき》よりも白《しろ》くなっていきます。

（お母《かあ》さま……、力《ちから》をかしてください）

シュウウゥ―ッ

王女《おうじょ》さまたちの目《め》のまえで、かたい氷《こおり》が
やわらかでとうめいな水《みず》へとかわっていきました。
スノークオーツが氷《こおり》をとかしていくにつれ、
フレイア姫《ひめ》のかたくこおりついていた心《こころ》まで、
ゆるめられていくような感《かん》じがします。
すきとおった水《みず》はしだいに広《ひろ》がって、まもなく
ボートをうかべられるほどになりました。
フレイア姫《ひめ》は、急《いそ》いで先頭《せんとう》にのりこみます。

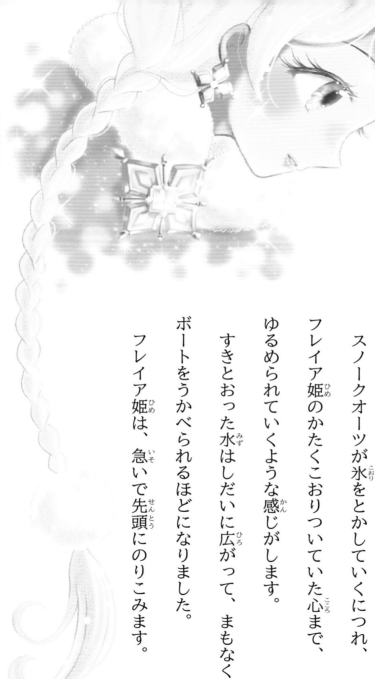

身《み》をのりだして、進行方向《しんこうほうこう》へスノークオーツをかかげると、
シュウウウ――ッと、氷《こおり》がとけていきました。
ルル姫《ひめ》たちが、けんめいにオールをこいで、ボートを
ゆっくりと岩《いわ》へ近《ちか》づけてくれます。

「ミンキー、
あと少《すこ》しの
しんぼうよ！」

「つかまえた！
もう、だいじょうぶ」

フレイア姫《ひめ》は、すっかり冷《ひ》えきっているミンキーの体《からだ》をだきあげると、スノークオーツを近《ちか》づけました。

「すぐに、あたためてあげるからね」

ぬれていた毛《け》が、魔《ま》法《ほう》のパワーであっというまにかわき、ふわっふわに！

ミンキーはちいさな耳《みみ》をぴくぴく動《うご》かし、青《あお》いひとみをかがやかせています。

お城《しろ》へもどった王女《おうじょ》さまたちは、みんなでフレイア姫《ひめ》の部屋《へや》へあつまりました。

「こんなひどい雪《ゆき》のなか、王女《おうじょ》さまがただけで外《そと》へいったきりで。なかなかおもどりにならないから、どんなに心配《しんぱい》したことか。かぜをひいたらどうするんです？」

メイドのグレタが、あきれたようにやさしくしかりながら、てきぱきと、だんろに火《ひ》をつけてくれます。

ミンキーはというと、フレイア姫《ひめ》のうでのなかでまるくなり、ちいさな白《しろ》い歯《は》とピンク色《いろ》の舌《した》をみせて、大《おお》あくび。

やわらかいおなかがあがったりさがったりして、うとうとしはじめました。

すっかりリラックスした表情《ひょうじょう》に、フレイア姫《ひめ》たちも、ひと安心《あんしん》です。

「さあ、王女《おうじょ》さまがた、あつあつのホットチョコレートをおもちしましたよ！」

あまいかおりとともに、グレタがもどってきて、みんなはにっこり。

でもフレイア姫《ひめ》には、もうひとつ、解決《かいけつ》しなくてはならないことがありました。

「ねえ、グレタ。お父《とう》さまはどこにいるかしら？」

「ちょうど書《しょ》さいへはいられたところです。すぐにいけば、会《あ》えると思《おも》いますよ」

すると、クララベル姫《ひめ》が心配《しんぱい》そうに、たずねます。

「フレイア姫《ひめ》……ひとりで平気《へいき》？　わたしたちもいっしょにいこうか？」

「たぶん、きびしくしかられるでしょうね。とってもこわいわ……」

そうこたえながらも、フレイア姫《ひめ》は、りんとした表情《ひょうじょう》で立《た》ちあがりました。

「でも、ちゃんとひとりで、お父《とう》さまとはなしあってくる。ミンキーたちが大事《だいじ》な存在《そんざい》だとわかってほしいし……わたしにも、いけないところがあったから」

11

気《き》持《も》ちをつたえに

ねむっているミンキーをだいて、書《しょ》さいのとびらのまえに立《た》ったフレイア姫《ひめ》は、心《こころ》をおちつけて、ノックしました。

なかへはいると、本《ほん》を読《よ》んでいたお父《とう》さまが顔《かお》をあげます。

「フレイア。何《なに》があったのか、説明《せつめい》しなさい。なぜ命令《めいれい》にそむいたのだ？」

フレイア姫《ひめ》は一歩《いっぽ》、すすみでました。

「お父《とう》さま、きいてほしいの」

「わたし……庭《にわ》の小屋《こや》がほんとうにあたたかいかどうか、心配《しんぱい》だったの。ネコは、寒《さむ》さにとても弱《よわ》い動物《どうぶつ》だから。たしかめにいくと、屋根《やね》がこわれていて、小屋《こや》のなかに雪《ゆき》がつもっていたわ。ネコがこごえて死《し》んでしまいそうなほど、寒《さむ》かったのよ」

お父《とう》さまは、静《しず》かにうなずきました。

「それで、城《しろ》のなかへつれもどしたというわけだな。だが……」

顔《かお》をしかめ、ちいさな声《こえ》で、こうつぶやいたのです。

「一国《いっこく》の王《おう》が、おおぜいのまえでネコをおいまわすのは、とてもはずかしかったぞ」

フレイア姫《ひめ》のむねが、ずきんといたみました。

あのときは、ミンキーたちを守《まも》っただけで満足《まんぞく》していましたが……、たしかに、だれかにめいわくがかからないか、というところまでは考《かんが》えていませんでした。

お父《とう》さまが、はじをしのんでミンキーをおいまわしたのは、命令《めいれい》にそむいたことをおこっていたからではなく、未熟《みじゅく》なむすめの失敗《しっぱい》を、父親《ちちおや》として、しりぬぐいするためだったのです。

そのとき。目《め》をさましたミンキーが、うでからぴょんととびおりました。
そして、おどろくお父《とう》さまのひざにかけあがり、ゴロゴロと、あまえるようにのどを鳴《な》らしたではありませんか。
お父《とう》さまは、じっとミンキーをみつめると、次《つぎ》のしゅんかん、手《て》をのばし……、ミンキーの頭《あたま》を、いとおしそうになでて、ほほえんだのです。

「今《いま》より、このネコとその家族《かぞく》を
城《しろ》におくことを許可《きょか》する！」

「ほんとうに？　ありがとう、お父《とう》さま」

フレイア姫《ひめ》は、お父《とう》さまにだきつきました。

はじめて、ちゃんと気持《きも》ちが通《つう》じあえたのを感《かん》じていました。

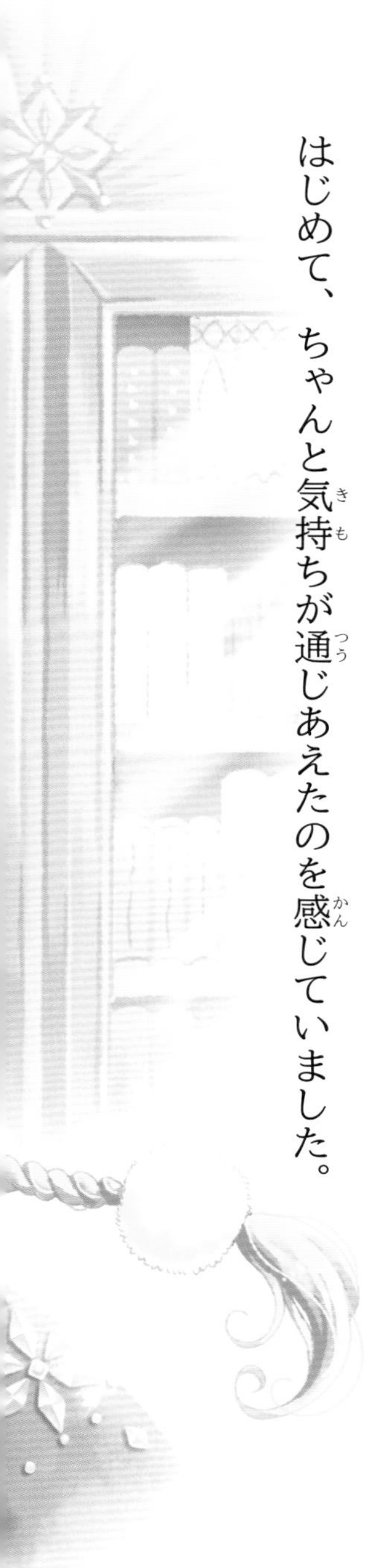

説明《せつめい》にこめたネコたちへの思《おも》いと、反省《はんせい》の気持《きも》ちを理解《りかい》してくれたお父《とう》さま。
フレイア姫《ひめ》は、まわりのこともきちんと考《かんが》えるようにしよう、と心《こころ》に誓《ちか》いました。

ミンキーにはらはらさせられっぱなしだったフレイア姫《ひめ》は、今回《こんかい》のできごとを通《つう》じて、お父《とう》さまの気持《きも》ちが少《すこ》しわかったような気《き》がしました。
今《いま》までは、子《こ》どもあつかいするなんて、と不満《ふまん》に思《おも》っていましたが……。
（心配《しんぱい》して、わたしを危険《きけん》から遠《とお》ざけようとしてくれていたのね…）

王《おう》としてのいそがしい任務《にんむ》をこなしながら、王女《おうじょ》さまであるフレイア姫《ひめ》を、ひとりでみまもってきたお父《とう》さま……すべての言葉《ことば》や態度《たいど》は、むすめを思《おも》う、不器用《ぶきよう》な愛情表現《あいじょうひょうげん》だったのかもしれません。

そして、よく考《かんが》えずに動《うご》いてしまうフレイア姫《ひめ》の行動《こうどう》こそが、お父《とう》さまをはらはらさせ、きびしい命令《めいれい》ばかりさせる原因《げんいん》になっていたのだ、と気《き》づきました。

（心配《しんぱい》させてごめんなさい。これからも、わたしをみまもっていてね……）

部屋《へや》へもどって鏡《かがみ》をのぞくと、自分《じぶん》の顔《かお》がいつもよりはれやかにみえます。

フレイア姫《ひめ》は、むねにさげたお守《まも》りペンダントを、そっと両手《りょうて》でつつみました。

「お母《かあ》さま。わたし、
お父《とう》さまの、心《こころ》の真実《しんじつ》に
気《き》づきました…」

ミンキーをすくい、大切《たいせつ》なことに気《き》づくきっかけとなってくれたジュエル。

（わたしにとって、スノークオーツは、今《いま》までよりもっと特別《とくべつ》なたからものになったわ。お母《かあ》さまは、いつかこういう日《ひ》がくると、予想《よそう》していたのかしら……）

ずっともとめていたお母《かあ》さまとお父《とう》さまの愛《あい》が、最初《さいしょ》からそばにあったなんて。

そのとき、スノークオーツがいっしゅん、キラッとかがやきました。

まるで、天国《てんごく》のお母《かあ》さまが、返事《へんじ》をしてくれたかのようでした。


おなじころ……フレイア姫《ひめ》がさったあとの書《しょ》さいでは、エリック王《おう》が、なくなった王妃《おうひ》さまの写真《しゃしん》を手《て》にとっていました。

「愛《あい》する王妃《おうひ》よ。われわれのむすめも少《すこ》しずつ、大人《おとな》になってきたようだ。これまでは、まだおさない子《こ》どもだからと、危険《きけん》から遠《とお》ざけることばかり考《かんが》えていたが……友《とも》だちもできたようだし、そろそろ子《こ》ばなれすべきときかもしれないな」

その顔《かお》は、少《すこ》しさびしそうでもあり……うれしそうにもみえます。

「リッディングランド王国《おうこく》にある、王女《おうじょ》の学園《がくえん》へ入学《にゅうがく》させるのもいいだろうか」

フレイア姫《ひめ》の部屋《へや》にあつまったみんなは、おしゃべりに花《はな》をさかせていました。

クララベル姫《ひめ》、ユリア姫《ひめ》、ジャミンタ姫《ひめ》、ルル姫《ひめ》。ナッティ姫《ひめ》もいっしょです。

「あしたでお別《わか》れなんてさみしいわ。もっとここにいたい」

「きっとまた会《あ》いましょうね」

お別《わか》れはさびしいけれど……フレイア姫《ひめ》の心《こころ》をこおらせていた、ひとりぼっちのさびしさやかなしさは、すっかりとけて消《き》えていました。

『ティアラ会《かい》』の仲間《なかま》のおかげで、大事《だいじ》なことをいくつも学《まな》びました。

お父《とう》さまにあれこれ心配《しんぱい》をかけて注意《ちゅうい》されないようにするためには、危険《きけん》かどうかを自分《じぶん》で正《ただ》しく判断《はんだん》できるようになること。

そして自分《じぶん》の行動《こうどう》が、知《し》らず知《し》らずのうちに、だれかのめいわくになっていないか、まわりや先《さき》をみこして、考《かんが》えられるようになること。

それから、もうひとつ。

だれかのきびしい言葉《ことば》や態度《たいど》のおくには、ほんとうのやさしさや愛《あい》がかくれていることもある、ということ。

これまでは、禁止《きんし》されたり注意《ちゅうい》されるたびに、不満《ふまん》やさびしさばかりを感《かん》じてきましたが……。

相手《あいて》の心《こころ》の真実《しんじつ》に、気《き》づく力《ちから》も、とても大切《たいせつ》。

それこそが、かわいくて、かしこくて、勇気《ゆうき》あふれる女《おんな》の子《こ》であるために、かかせないことなのかもしれません。

ノーザンランド王国《おうこく》に、真《ま》っ白《しろ》な雪《ゆき》がまいおりてきました。

フレイア姫《ひめ》は、まどの外《そと》をながめます。

これまで、あんなにも冷《つめ》たく、さびしそうにみえた景色《けしき》が、今《いま》は、どんな場所《ばしょ》よりも美《うつく》しく、キラキラとかがやいてみえたのでした。


さて、「雪《ゆき》と氷《こおり》の国《くに》」での冒険《ぼうけん》は、これでおしまい。

この先《さき》、ユリア姫《ひめ》の妹《いもうと》のナッティ姫《ひめ》も、『ティアラ会《かい》』のメンバーとなり、新《あたら》しく仲間《なかま》になった王女《おうじょ》さまたちとともに、大活《だいかつ》やくするようになるのですが……。

その物語《ものがたり》はまた、いつかのお楽《たの》しみに。

だれかの
心《こころ》の真《しん》実《じつ》に
気《き》づいたとき

人《ひと》は何倍《なんばい》も
強《つよ》くなれる。

Princess
of
Tiara

ティアラ会《かい》おまけ報告《ほうこく》

物語《ものがたり》のなかで、しょうかいしきれなかった、うらばなしをレポートします。

お仕事《しごと》部屋《へや》には
洗《せん》たく機《き》がいくつも。
お城中《しろじゅう》の洗《せん》たくを
こなしてくれています
→

ときにはしかり、
ときには親身《しんみ》に
はげましてくれる、
家族《かぞく》のような
存在《そんざい》です。

たよれるメイドの グレタ

グレタがもってきてくれた
ホットチョコレート♪

雪《ゆき》のなかの冒険《ぼうけん》からかえったとき、
だんろをかこんで飲《の》みました。
冷《ひ》えた体《からだ》にあたたかさが広《ひろ》がって
ほっこり。

→
ホットチョコレート
といっしょに
いただいた
チェリーケーキは
大人《おとな》の味《あじ》！

ルル姫《ひめ》が部屋《へや》にもってきてくれ
たイチゴ味《あじ》のケーキは、なかか
らクリームがとろ～ん。
しあわせでした～
←

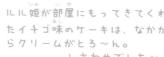

おてんばミンキー

真夜中《まよなか》の冒険《ぼうけん》のときのこと。
お城《しろ》からお庭《にわ》の小屋《こや》へもどったら、またしても
ミンキーだけ、
みあたらなくて。
かなり
あせりました。

→結局《けっきょく》、植木《うえき》ばちにのぼって
あそんでいるところを発見《はっけん》！
高《たか》いところはあぶないって～

ミャウ～

まるくなってねながら、
ねごとをいうことも。
ネズミをおいかける
夢《ゆめ》でもみているの
かしら？ ←

ナッティ姫《ひめ》は好奇心《こうきしん》おうせい

はじめてのスケートだと
いうのに、むずかしい
スピンにちょうせんし、
みごと成功《せいこう》していました！

オラフ王子《おうじ》とルル姫《ひめ》は仲《なか》よし!?

オラフ王子《おうじ》とは、
春《はる》の舞踏会《ぶとうかい》で知《し》りあったそう。
ウンダラ王国《おうこく》のルル姫《ひめ》のお城《しろ》へ
王子《おうじ》が、ご両親《りょうしん》といっしょに
とまりにきたことも
あるんですって。

まぶしいから
てらすの

★大広間《おおひろま》

お客《きゃく》さまにお楽《たの》しみいただきたくて、ライトやリボンでかざりつけをしました。みんなでかこめるだんろもあります。

★わたしの部屋《へや》

大広間《おおひろま》をすすんで、木《き》の階段《かいだん》をのぼった先《さき》にあります。

★仕事部屋《しごとべや》

メイドのグレタが洗《せん》たくをしたり、アイロンをかけたりする場所《ばしょ》。

★庭《にわ》の小屋《こや》

屋根《やね》に穴《あな》があいていて、とても寒《さむ》いところです。父《ちち》は、いたずらしたネコたちを、この小屋《こや》へはこばせてしまったの。

雪《ゆき》ふる森《もり》で いろんなできごとがありました

★お城《しろ》の外《そと》の丘《おか》

はじめておない年《どし》くらいの王女《おうじょ》
さまたちとおはなししたの！
仲《なか》よくなれてうれしかったわ。

★庭《にわ》の丘《おか》

ちいさな丘《おか》があります。父《ちち》は、
ここでなら、そりすべりをしても
いいなんていうの。

★おおきな川《かわ》

寒《さむ》い時期《じき》はね、
うすい氷《こおり》がはって
いて危険《きけん》。
ふだんはあまり
近《ちか》づかないように
しています。

★そり

リリ姫《ひめ》におしえてもらって、
うしろむきでそりすべりを
してみたの！　結局《けっきょく》
ひっくりかえってしまった
けれどね。

★ちいさな岩《いわ》

お城《しろ》をとびだ
した子《こ》ネコの
ミンキーは氷《こおり》の上《うえ》の
岩《いわ》でみつかったの！
どうやってここまで
いったの
かしら？

★手《て》こぎボート

冬《ふゆ》はつかうことのないボート
だけど、ミンキーを救出《きゅうしゅつ》する
のに大活《だいかつ》やくしました。

★スケートリンク

スケート用《よう》にとてもかたい氷《こおり》でつくった、
じまんのリンクです。得意《とくい》わざをひろうしました。

原作♥ポーラ・ハリソン

イギリスの人気児童書作家。小学校の教師をつとめたのち、作家デビュー。本書の原作である「THE RESCUE PRINCESSES」シリーズは、イギリス、アメリカ、イスラエルほか、世界で175万部を超えるシリーズとなった。教師の経験を生かし、学校での講演やワークショップも、精力的にとりくんでいる。

王女さまのお手紙つき フルカラーワイド版④
雪ふる森のお守りジュエル

2024年1月2日 第1刷発行

原作	ポーラ・ハリソン	翻訳協力	池田 光
企画・構成	チーム151E☆	作画指導・下絵	中島万璃
絵	ajico 中島万璃	編集協力	吉川愛歩
		デザイン	いなだゆかり よしだじゅんこ

発行人 土屋 徹
編集人 芳賀靖彦
編集担当 北川美映
発行所 株式会社Gakken
〒141-8416 東京都品川区西五反田2-11-8
印刷所 図書印刷株式会社

●この本に関する各種お問い合わせ先

本の内容については 下記サイトのお問い合わせフォームよりお願いします。
https://www.corp-gakken.co.jp/contact/
在庫については Tel 03-6431-1197（販売部）
不良品（落丁、乱丁）については Tel 0570-000577 学研業務センター
〒354-0045 埼玉県入間郡三芳町上富279-1
上記以外のお問い合わせは Tel 0570-056-710（学研グループ総合案内）
学研グループの書籍・雑誌についての新刊情報・詳細情報は、下記をご覧ください。
学研出版サイト https://hon.gakken.jp/
【お手紙つきシリーズ】公式サイト https://gakken-ep.jp/extra/otegamitsuki/

フレイア姫《ひめ》と、王女《おうじょ》さま4人《にん》から お手紙《てがみ》がとどきました！

•••••の線《せん》を、はさみで
切《き》って、お手紙《てがみ》を読《よ》んでね。

はさみをつかうときは、あつかいに気《き》をつけてね。

王女《おうじょ》さまからのお手紙《てがみ》のうしろに
お返事用《へんじよう》びんせんがついているよ！

公式《こうしき》WEB《ウェブ》サイトなどで
しょうかいされるかも！

王女《おうじょ》さまにお返事《へんじ》をだそう！

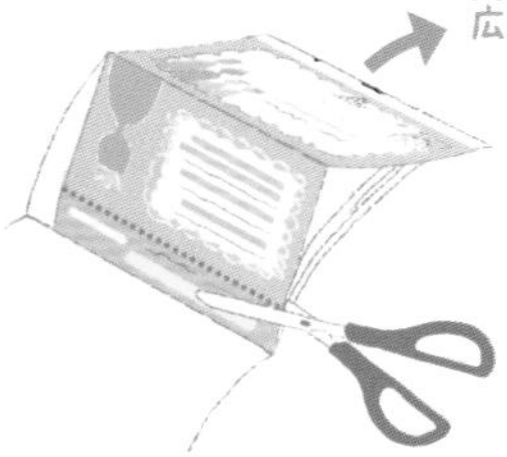

1. 本《ほん》から切《き》りとる。
はさみのあつかいには
気《き》をつけてね。

2. 王女《おうじょ》さまあてに
お手紙《てがみ》を書《か》いてね。

3. 両《りょう》サイドの
「のりしろ」に
のりをぬる。

4. 折《お》りめで折《お》って
はりあわせる。

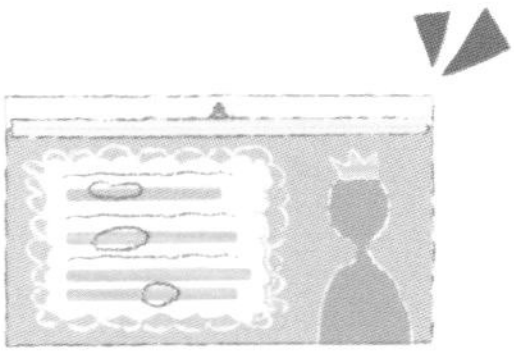

5. ふうをして、テープで
しっかりとめる。
※ふうとうには、何《なに》もいれないでね。
ふうとうの質問《しつもん》にもこたえてね。

6. 切手《きって》をはって
ポストへいれてね。
（2023年《ねん》11月現在《がつげんざい》84円《えん》）

保護者《ほごしゃ》のかたへ　★送っていただいたお手紙は、返却されません。また、編集部や王女さまから返事がくることはありません。お手紙の文章や絵などの一部を、本や広告、チラシ、WEB上などでご紹介させていただく場合があります。